行く手、はるかなれど

――グスタフ・ヴァーサ物語――

菱木晃子 作

北欧《ほくおう》の国スウェーデンで知らない人はまずいない、とても有名な十六世紀の国王がいます。その名はグスタフ・ヴァーサ――若かりしころ、デンマークの圧政に抗《あらが》い、祖国スウェーデンを独立に導きました。

のちに「建国の父」と呼ばれるようになったこの若者が、孤立無援《こりつむえん》のどん底からスウェーデン独立軍を率いるようになるまでには、過酷《かこく》で劇的な日々があったと伝えられています。

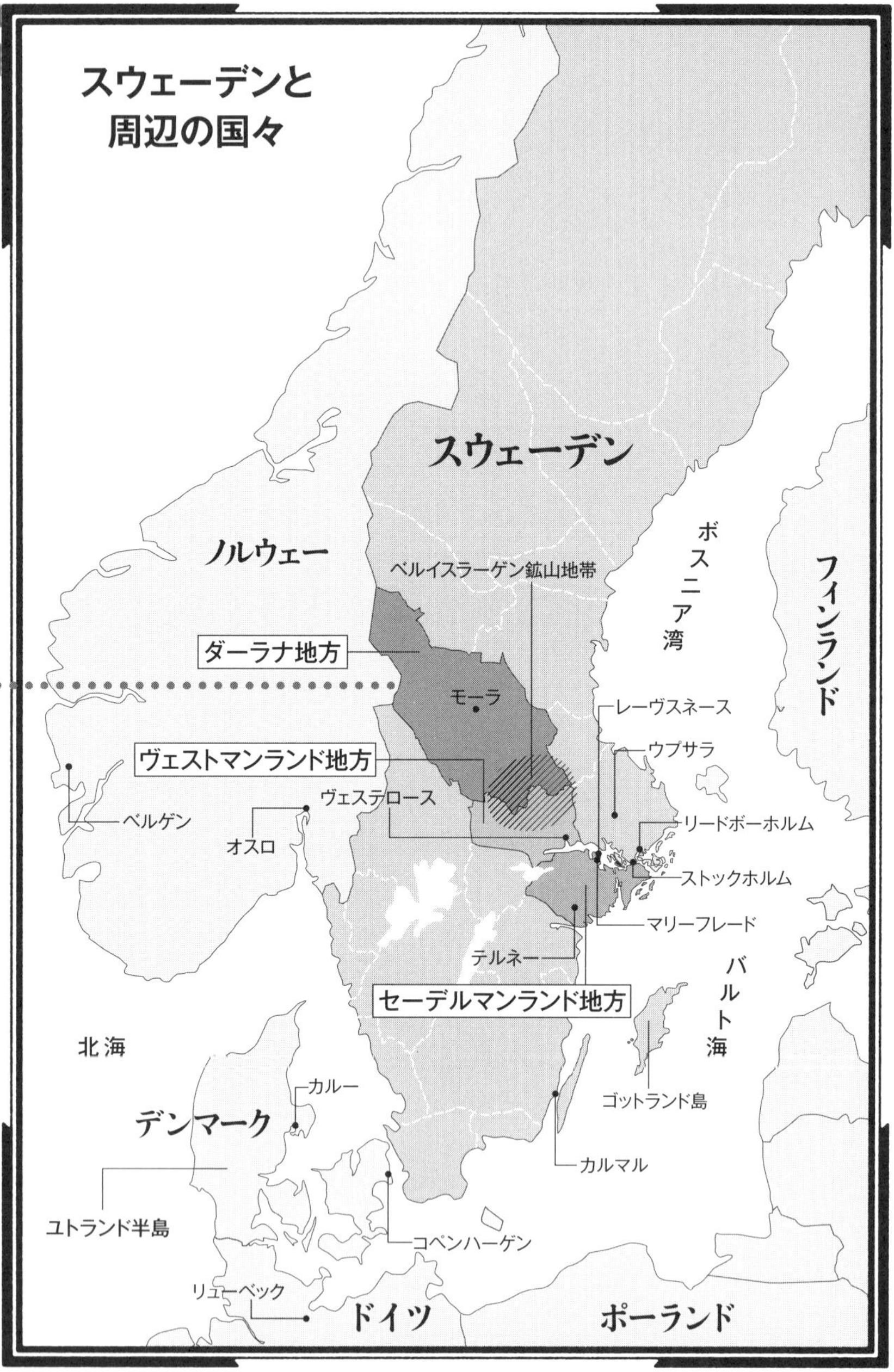
スウェーデンと
周辺の国々
スウェーデン
ノルウェー
ボスニア湾
フィンランド
ベルイスラーゲン鉱山地帯
ダーラナ地方
モーラ
レーヴスネース
ウプサラ
ヴェストマンランド地方
ヴェステロース
ベルゲン
オスロ
リードボーホルム
ストックホルム
マリーフレード
テルネー
バルト海
セーデルマンランド地方
北海
カルー
ゴットランド島
デンマーク
カルマル
ユトランド半島
コペンハーゲン
リューベック
ドイツ
ポーランド

ダーラナ地方拡大図

東ダール川
モーラ
セーレン
オックスベリ
リマ
レットヴィーク
マルネース
ユットメランド
スベルドシュー湖
スベルドシュー
シリアン湖
イサラ
ファールン
ルン湖
オルネース
西ダール川
ランクヒッタン

行く手、はるかなれど◎目次

1　再会

一五二〇年秋、スウェーデン中東部、セーデルマンランド地方――。

ある晴れた日の午後、ひとりの若者が、入り組んだ湖に沿って、人気《ひとけ》のない森の道を足早に歩いていた。背の高い、やせた男だ。目深《まぶか》にかぶった帽子《ぼうし》のつばからのぞく髪《かみ》は金色、目は青く、眼光は鋭《するど》い。着ている黒い外套《がいとう》はところどころ土に汚《よご》れ、かなりくたびれているが、足の運びには疲《つか》れを感じさせない力強さがあった。

北国の秋は短い。木々の赤や黄色は日ごとに深みを増し、森を映す湖は、まるで鏡のように静かだった。

若者は水面《みなも》に反射する頼《たよ》りなげな日の光にちらりと目をやると、いちだんと足を早めた。日が暮れる前に、なんとしてでも目的の館へたどりつきたかった。

空の高いところで鳥の声がする。見あげると、ガンの群れがV字型に隊列を組んで、南のほうへ飛んでいく。

バルト海をわたってドイツへ行くのか、それともデンマークを横切って、英国あたりをめざすのか……。

若者は、自分もあんなふうに湖の上をまっすぐわたっていけたらいいのに、とガンたちをうらやましく思った。

湖を迂回《うかい》する道は、ゆるやかに上り下りをくり返し、どこまでもつづく。行けども行けども、似たような森と湖ばかりだ。それでも、スウェーデン生まれのこの若者にとっては、こうした単調な景色も、郷愁《きょうしゅう》を誘《さそ》うもののひとつにほかならなかった。

若者は、休みなく歩きつづけた。

やがて、コケのはえた地面に落ち葉の積もった森を抜《ぬ》け、小さな木の橋をわたると、シラカバ並木の向こうに古い石造りの館が見えてきた。

百年以上前に建てられた、テルネー城と呼ばれるこの館は、いまはスウェーデン枢密院顧問官《すうみついんこもんかん》、ヨアキム・ブラーへの本宅となっている。

若者はためらうことなく、砂利の敷《し》かれた広い前庭をつっきり、館の正面にある玄関《げんかん》の分厚い木の扉《とびら》を叩《たた》いた。蝶番《ちょうつがい》をきしませながら扉《とびら》を開けた召使《めしつか》いの男に、「エリックの息子が、デンマークから、はるばる会いにきた、と夫人に伝えてくれ」と告げ、しばらく待たされたのち、がらんとした居間へ通された。

暖炉《だんろ》に、小さな火が燃《も》えている。

火の近くの肘掛《ひじか》け椅子《いす》にすわっていたのは、ほっそりとした品《ひん》のいい若い女性。ヨアキム・ブラーへの妻、マルガレータだ。

　マルガレータは入ってきた若者をひと目見るなり、あっと声をあげると、足首まである厚地のスカートの裾《すそ》を揺《ゆ》らして椅子《いす》から立ちあがった。そして、すぐに駆《か》けよるや、両腕《りょううで》を若者の首に巻きつけ、かすれる声をしぼり出した。

「ああ、グスタフ兄さま！　ご無事でしたのね。こうして、ふたたびお会いすることができるとは……」

　マルガレータの大きな青い瞳《ひとみ》から、涙《なみだ》がぽろぽろとあふれ出た。


　テルネー城の家族用の食堂に、館の主《あるじ》ヨアキムと少し年の離《はな》れた妻マルガレータ、そして、こざっぱりとした白いシャツに着替《きか》えた若者がすわっている。

　暖炉《だんろ》の炎《ほのお》はあたたかい光をゆらゆらと放ち、食卓《しょくたく》の燭台《しょくだい》にも火がともされていた。

　三人の影《かげ》が白い壁《かべ》に映る。

「本当に無事でよかった……」ヨアキムが低い声で言った。「一昨年の秋に人質としてデンマークへ送られてから、どれほど心配したことか……」

「そうよ、お兄さま。去年の秋に軟禁先《なんきんさき》のカルー城から逃《に》げ出したと風の便りに聞いてからは、どこでどうしているのかしらと……」マルガレータもつづけた。

　若者は静かにうなずいた。

若者はその名をグスタフ・エリックソン（エリックの息子）・ヴァーサといい、マルガレータの実兄にあたる。というより、この国の実力者のひとり、枢密院顧問官《すうみついんこもんかん》エリック・ヨハンソン・ヴァーサの長男と紹介《しょうかい》したほうがいいだろう。ヴァーサ家は、十四世紀にまでその系譜《けいふ》をたどれる、スウェーデン貴族の名家のひとつなのだ。

また、グスタフの父方の祖母は、「老ステューレ」と呼ばれるかつてのスウェーデン総統ステン・ステューレを実の兄に持つ、こちらもこの国の名家中の名家、誉《ほま》れ高きステューレ家の出身である。

代々この国の政《まつりごと》にかかわってきた、ふたつの名家の血をひく頭脳明晰《めいせき》な若者が、敵からも味方からも耳目《じもく》を集めるのは、混沌《こんとん》の時代にあって、どうにも避《さ》けられない宿命だった。

一四九六年、グスタフは首都ストックホルムにほど近い、バルト海の深い入江《いりえ》に面して立つ、ヴァーサ家の居城のひとつであるリードボーホルム城で生まれた。

きょうだいは多かったが、姉と弟たちは幼くして亡くなり、成長した男子はグスタフだけだった。残った妹たちの中では、グスタフはすぐ下の明るく素直なマルガレータといちばん気が合い、マルガレータのほうも聡明《そうめい》で快活な兄を心から慕《した》っていた。

グスタフとマルガレータは城の庭で追いかけっこをして遊んだり、家庭教師からともに読み書きを習ったりして幼少期を過ごした。両親はしつけに厳しかったが、ふたりとも、どこか貴族らしい大らかさをも備《そな》えた品格のある大人だった。

グスタフは両親や妹たちのことが好きだったし、おだやかな海と静かな森にかこまれたリードボーホルム城での暮《く》らしもたいそう気に入っていた。

だが、ヴァーサ家の将来を担う跡取《あとと》り息子が、いつまでも血のつながった家族のもとで安穏《あんのん》と暮らしているわけにはいかなかった。当時の上流階級の子弟の例に漏《も》れず、グスタフは十三歳《さい》で、単身、スウェーデンの学問の中心地ウプサラへ送り出されたのである。

スウェーデンの首都ストックホルムから北へおよそ七十キロの距離《きょり》にあるウプサラの地に、北《ほく》欧初《おうはつ》の大学が創設されたのは一四七七年のことだった。

それ以来、この地には、神学、法学、哲学《てつがく》、医学はもとより、さまざまな分野の優秀《ゆうしゅう》な学者や教師が国の内外から集まっていた。ゆえに、家柄《いえがら》のよい少年たちにとって、幼いころよりウプサラで教育を受けることは、身分の高さの証《あかし》であると同時に、もっとも効率的な学習方法でもあった。

そもそも、十三世紀半ばにカトリックの大司教座（最高位の聖職者である大司教がつく椅子）が置かれたウプサラは、すでに宗教の中心地として栄えていた。長年にわたり建設が進められてきた大聖堂は、大学より四十年ほど早い一四三五年に完成している。当時のカトリック教会の力は政治的にも経済的にも非常に強く、ウプサラ大学の創設に尽力《じんりょく》したのも、ヤコブ・ウルブソンという大司教だった。

つまり学問と宗教という、国家にとって、もっとも重要なふたつの文化の拠点《きょてん》となっていたのが、当時のウプサラだったのである。

そのウプサラで、少年グスタフは勉学に励《はげ》んだ。

もちろん、長く暗い冬の夜には、リードボーホルム城での日々を恋《こい》しく思い、里心《さとごころ》がつのることもあった。広々とした庭で乗馬の稽古《けいこ》をしたり、暑い夏の日、さざ波の寄せる海で泳いだり、冬になれば森の中をスキーで走りまわったり——あの城での日々は、なんと気ままで自由だったことだろう。口数は少ないが話にはいつも筋が通っている父、美しく凛《りん》とした母、そしてまだあどけなさの残る幼い妹たちの顔が、少年のまぶたに浮《う》かんでは消えていった。

とはいえ、里心よりもはるかに勝《まさ》っていたのは、グスタフの中で日に日にふくらんでいく好奇《こうき》心《しん》だった。若い好奇心《こうきしん》が、新しい知識を吸収するよろこびをかきたてたのである。同時に、優秀《ゆうしゅう》な教師のもとで行われる私塾《しじゅく》のような授業を通して、同年代の少年たちと出会い、それが刺激《しげき》となり、いい意味での競争心もわきあがった。冗談《じょうだん》を交わしたり、夢を語りあったりする友人にも恵《めぐ》まれた。

物覚えの早いグスタフはラテン語やドイツ語といった語学に秀《ひい》でていたが、もっとも興味を持って真剣《しんけん》に取り組んだのはスウェーデンの政治史だった。〈独立派〉の父を持つ貴族の息子としては、当然のことだろう。

志《こころざし》高き少年は、祖国スウェーデンが歩んできた厳しい道のりを学ぶにつけ、いずれ自分の手で、この国の難局を打開したいという思いを強くしていった。そして十六歳《さい》で、「若ステューレ」と呼ばれる、時の総統ステン・ステューレに仕える道を選び、十八歳《さい》にして早くもその最側近のひとりとなったのである。

当時スウェーデンの政治状況《じょうきょう》はかなり複雑で、隣国《りんごく》デンマークによる圧政下、その支配に抗《あらが》い、独立をめざす〈独立派〉と、デンマークとの同盟を維持《いじ》し、その支配下にとどまるべきとする〈同盟派〉が激しく対立していた。

ここでいう同盟とは、時をさかのぼること百有余年、一三九七年にスウェーデン南東部、バルト海に面するカルマル城で結ばれた「カルマル同盟」のことである。スウェーデンはもうひとつの隣国《りんごく》ノルウェーとともに、デンマーク王のもとに治められるべし、とするものだ。

具体的には、デンマーク、スウェーデン、ノルウェーの北欧《ほくおう》三国は、外交と国防においてはデンマーク王のもとにまとまるが、内政はそれぞれの国の法律を重んじるという、かなりゆるやかな同盟のはずだった。

ところが実際に同盟が結ばれると、財政難に苦しむデンマークは、スウェーデンの農民から厳しく税を取りたてはじめた。また、男たちをデンマーク軍に徴兵《ちょうへい》した。

さらには、スウェーデン中部に広がる、ベルイスラーゲン鉱山地帯で採れる鉄や銅にも触手《しょくしゅ》をのばしだした。こうした鉱物資源は、当時はデンマーク領だったスウェーデン南部のスコーネ地方でつくられるバターやチーズと同様に、非常に価値のあるものだった。いつの時代においても、資源のあるなしが国家間の争いの火種となるのは、避《さ》けられない現実なのだ。

同盟が結ばれてからの長い年月、スウェーデン国内では〈独立派〉と〈同盟派〉のあいだで何度も綱引《つなひ》きがくり返され、その間《かん》に両国の指導者も代替《だいが》わりしていった。ときに〈独立派〉はデンマークに武力で抵抗《ていこう》し、制圧しようとするデンマーク軍に対して勝利をおさめたこともあったが、平和な日々は長くはつづかなかった。

一五一三年、血気盛《けっきさか》んなクリスチャン二世がデンマーク王に就《つ》くと、デンマーク軍をうしろ盾《だて》とする〈同盟派〉は勢いを盛り返し、スウェーデンはしだいに、クリスチャン二世をスウェーデン王として認めなければ国の存続さえ危ういところまで追《お》いつめられていく。

デンマーク軍による攻撃《こうげき》は執拗《しつよう》だった。

だが、それでも若ステューレ総統率いるスウェーデン軍は奮闘《ふんとう》し、粘《ねば》りに粘《ねば》った。その結果、二年ほど前の一五一八年、ストックホルム城でクリスチャン二世軍との休戦協定がかろうじて結ばれたのである。

グスタフがほかの有力者の息子ら数名とともに、人質としてデンマークへ送られたのは、このときだった。将来有望な若者たちを差し出すことで、クリスチャン二世の態度も軟化《なんか》するだろう、とスウェーデン側は考えたのだが、それは希望的観測に過ぎなかった。

若い人質たちはストックホルム沖《おき》から船でデンマークの首都コペンハーゲンへ運ばれたが、グスタフはさらにそこからひとり、ユトランド半島北部のうらさびしい海辺に立つカルー城へ連れていかれ、軟禁《なんきん》された。

カルー城での人質生活は、常に命の危険にさらされるほど緊迫《きんぱく》したものではなかったが、けっして安穏《あんのん》としていられるものでもなかった。クリスチャン二世の狡猾《こうかつ》で残忍《ざんにん》な性格、異常なまでの執念深《しゅうねんぶか》さを知るにつけ、グスタフは不安に駆《か》られた。祖国スウェーデンの行く末が、心底、案じられてならなかった。

このままでは、スウェーデンが暴君の手に落ちるのは時間の問題だ。甘《あま》い言葉にだまされてはいけない。このことを父上たち、〈独立派〉の面々に一刻も早く伝えなければ……。

グスタフは焦《あせ》る気持ちを抑《おさ》えながら、人質生活から抜《ぬ》け出せる日がくるのを待った。

窓の外は、すでにとっぷりと日が暮れていたが、若者の話はつきそうになかった。

暖炉《だんろ》の火が揺《ゆ》れる室内も、だんだんと暗くなっていく。食卓《しょくたく》の燭台《しょくだい》の火も手元を照らすのがせいぜいで、明かりとしてはどうにも心もとない。

質素な食事とは不釣《ふつ》り合《あ》いな飾りのついたナイフを使いながら、グスタフは淡々《たんたん》と話をつづけた。

「去年の九月だ、ぼくがカルー城を抜《ぬ》け出せたのは……。貧しい牛追いに姿を変え、まずはユトランド半島を南下し、北ドイツのリューベックをめざした。ハンザ商人（中世後期、北海やバルト海の貿易を独占するために結ばれたハンザ同盟に属する商人）たちの援助《えんじょ》をあおぐために。戦うには、どうしたって軍資金が必要だからね。連中の説得には、まあ、それなりに苦労はしたよ。スウェーデンの独立を成しとげたあかつきには、リューベックの諸君を優遇《ゆうぐう》するとまで言って……」

「まあ、お兄さまったら、そんな口約束を」マルガレータが口をはさむと、グスタフは「口約束じゃない。できるかもしれないだろ」と、すかさず言い返した。

当時、北ドイツのリューベックは、北ヨーロッパのあちらこちらの港に拠点《きょてん》を持つハンザ商人の町として栄えていた。町を流れるトラヴェ川のほとりには、大きな倉庫が立ちならんでいる。バルト海へ流れるこの川の水運を利用して、物品を運ぶのだ。そしてバルト海はスウェーデンやデンマークをはじめとする、北の国々のいくつもの港とつながっている。バルト海の権益《けんえき》こそ、ハンザ商人の命であった。

如才《じょさい》ない商人たちは以前からその権益をめぐって、スウェーデンにつくか、デンマークにつくか、あるいはどちらにもいい顔をするのが得策か、商人としての鼻を利かせつつ様子見《ようすみ》をしていた。

デンマークの人質になっていたスウェーデンの由緒《ゆいしょ》正しい貴族の青年が、命からがら、自分たちを頼《たよ》ってリューベックへ逃《に》げてきたとき、正直、商人たちは迷った。

リューベックのハンザ商人はドイツで採れる塩と引《ひ》き換《か》えに、スウェーデンから毛皮や干し鱈《だら》、鉄や銅などを手に入れている。デンマーク王の横暴なやり方は目にあまるものがあるが、かといって、その軍門にくだる可能性の高いスウェーデン側につくことは、一か八かの賭《か》けに等しい。

だが目ざとい商人たちの中には、この若者にかけてみる気になった者もいた。スウェーデンがデンマークの圧政から解放されれば、バルト海での自由な航行と取引を保証する、とグスタフがうけあったからだ。祖国の平和と独立を真摯《しんし》に説く若者に、素直に心を動かされた者も少なくなかった。

長い目で見れば、この若者、ひいてはスウェーデン側についたほうが得策なのではあるまいか……。バルト海の権益を揺《ゆ》るぎないものにしてこそ、リューベックのさらなる繁栄《はんえい》はある……。

こうして、かんかんがくがくの議論の末、ついにリューベックのハンザ商人たちは、グスタフ・ヴァーサの経済的なうしろ盾《だて》となることを約束したのである。

そうこうしているうちに年が明け、北のふたつの国はふたたび戦火を交《まじ》えた。そして春の気配がようやく感じられる三月に入って、スウェーデンがデンマークに屈《くっ》したという知らせがリューベックにもたらされた。

若ステューレ総統は敵の砲弾《ほうだん》による傷がもとで二月のはじめにこの世を去り、戦意を喪失《そうしつ》したスウェーデン人のあいだでは、クリスチャン二世をスウェーデン王として受け入れようという意見が、すでに大勢《たいせい》を占《し》めているという。

ああ、なんということだ。若ステューレさまが亡くなってしまわれたとは……。独立軍を束ねる人はもういない。このままでは、スウェーデンはデンマークのいいようにされてしまう……。

こうなっては、ぼくはもう、リューベックでじっとしてなどいられない。すぐにスウェーデンへ帰って、父上たちに、ぼくがデンマークで見聞きしたことを話さなければ……」

グスタフは身の危険を冒《おか》してでも船でバルト海をわたり、愛する祖国へ戻《もど》ろうと心をきめた。

そして五月末、ようやくスウェーデン南東部の、かつてデンマークとの同盟が結ばれた、あの因縁深《いんねんぶか》きカルマル城の沖《おき》から密《ひそ》かに本土上陸に成功した。そこからは、けっして安全とはいえない陸路をとり、数か月間、あちらこちらに身を隠《かく》しながら徒歩で北上をつづけ、ついに妹夫婦の館にたどりついたのだった。


話しこんでいるうちにグスタフには、妹夫婦と自分のあいだに、クリスチャン二世に対する認識のちがいがあることがわかってきた。

ふたりの結婚《けっこん》の宴《うたげ》にも出席してくれた若ステューレ総統の死についても、妹夫婦は仕方のなかったことだと半ばあきらめているようにも見える。

「お兄さま、とにかく、この館へいらしたからには、ゆっくりとお休みになって」マルガレータはこう言ってくれたが、グスタフは妹のやさしさから出た言葉をさえぎるように、きっぱりと断った。

「そんな暇《ひま》はないよ。ゆっくりと休むために、ぼくはここへきたんじゃない。この国がデンマークに支配されているかぎり、身も心も休まるなんてことは、ぼくにはないんだ」

「まあ、そんなこと言わずに。お兄さまは、ご存じないのね。すでに、この国はクリスチャン王の手中に……」

「そうだとも」ヨアキムが割って入った。「この国のおもだった城と町はすべて、デンマーク軍に押《お》さえられてしまった。ストックホルムもだ。しかも、きみの父上は重要書類に、とっくに署名したぞ。『クリスチャン二世をスウェーデン王として奉《たてまつ》る』と書かれた書類に」

「まさか、あの父上が……」グスタフはにわかには信じられなかったが、ヨアキムは間《ま》をおかずに話をつづけた。

「本当だとも。その書類と引《ひ》き換《か》えに、クリスチャン王は約束したのだ。これまでのスウェーデン軍の抵抗《ていこう》を許し、すべて水に流すと」

「わたしたち、クリスチャン王から即位式《そくいしき》の招待状をいただいたのよ。十一月のはじめに、ストックホルムのお城で、大きなお祝いの宴《うたげ》が催《もよお》されるんですって！」マルガレータは無邪気《むじゃき》に言った。

「行ってはいけない！」グスタフは思わずさけんだ。「ぜったいに行ってはだめだ。デンマーク人の言うことなど、信用してはならない。スウェーデン人をだますなんて、わけはない、赤子の手をひねるようなものだ、と奴《やつ》らが話しているのを、ぼくは何度も耳にした。クリスチャン王を信用してはいけない。身をほろぼすもとだ」

「いやいや、クリスチャン王にしたがわないほうが、いまとなっては身をほろぼすもとだ。もう、戦争はこりごりだ。これまでに、どれだけのスウェーデン人が犠牲《ぎせい》になったと思ってるんだ、きみは？」ヨアキムは眉間《みけん》にしわを寄《よ》せ、声をふるわせた。

「そうよ、お兄さま。リードボーホルムのお城にいるお父さまも、ストックホルムへ行くとおっしゃっているのよ。お母さまも連れて。妹たちも。ねえ、お兄さまもいっしょにストックホルムへ行きましょうよ。そうすれば、久しぶりに家族みんなで会えるわ」

「なあ、グスタフ。あえて、きみのために言う。きみも、一刻も早くクリスチャン王と和解したほうがいい。それが最善の方法だ。こういうめでたいときに許しを請《こ》えば、人質のきみが逃《に》げ出したことも、許してもらえるかもしれないじゃないか」

「許しを請《こ》うだなんて、冗談《じょうだん》じゃない！」グスタフは声を荒《あら》らげた。「こっちこそ、あいつを許すものか。ぼくを人質としてデンマークへ送り、そのあいだに我が祖国を蹂躙《じゅうりん》したことを。

ぼくは断固として戦う。いまは亡き若ステューレさまが率いたスウェーデン軍は、士気高く、本当に強かった。ダーラナ地方の農民たちが中心だったが、彼《かれ》らなら、きっとまたいっしょに戦ってくれる。ダーラナの民を、このぼくが、もう一度、奮《ふる》いたたせるんだ！」

「お兄さま、お願い。これ以上、危険なことはなさらないで……」マルガレータは白いハンカチーフで目を押《お》さえ、しくしくと泣きだした。「お父さまの気持ちも少しは考えて……」

それでも、グスタフはかたくなだった。

「マルガレータ、ぼくの性格は、子どものころから知ってるだろ。ぼくは、自分が正しいと信じたことをするまでだ！」

数日後、ヨアキムとマルガレータは馬車に乗りこみ、供《とも》の者を数名だけ連れて、北東へ百キロあまり離《はな》れたストックホルムへと出かけていった。

かたや、グスタフはひとり、テルネー城から七十キロほど北北東、ストックホルムからは直線にして西へおよそ四十五キロのところにある、父親が以前から所有するレーヴスネースの館へ向かった。両親に会いたい、とくに父親とはいろいろと話をしたいという気持ちは胸の中に強くあったが、まさか自分からのこのことクリスチャン王のいるストックホルムへ出向くわけにはいかなかった。

そこでしばらくのあいだ、メーラレン湖近くの森の中にひっそりとたたずむ古い館に身をひそめ、ストックホルムからの知らせを待つことにした。父親には、自分の無事とレーヴスネースの館にいることを、マルガレータからそっと伝えてもらうことにしてあった。

あの館にひそんでいれば、じきに父上と話せる機会が訪れるだろう。もちろん、ひそむといっても、四六時中、館の中でじっとしているわけではないが……。

メーラレン湖はストックホルムからつづく、スウェーデンで三番めに大きな湖である。レーヴスネースなら、陸路でも水路でも、ストックホルムのようすが伝わりやすいだろう、とグスタフは考えたのだった。

こうして貴族の若者は日ごと、獣《けもの》を狙《ねら》う猟師《りょうし》に扮《ふん》して湖沿いや街道近くの森をうろつき、ストックホルムで催《もよお》された即位式《そくいしき》のことが、旅人や近隣《きんりん》の村人の口から噂話《うわさばなし》として聞こえてこないかと耳をそばだてていた。けれども、いくら待っても、なにも伝わってこなかった。

なぜだ？　なぜ、なにも漏《も》れてこない？　緘口令《かんこうれい》でも敷《し》かれているというのか……？　おかしい……。

とうとうグスタフはしびれを切らし、十一月半ばのある日、思いきってヤコブ・ウルブソンを訪ねることにした。あの方なら、クリスチャン王の即位式《そくいしき》がどうなったか、なにか聞いているにちがいない、と思ったのだ。

グスタフははやる気持ちを抑《おさ》えながら、ウルブソンの住むマリーフレードへと馬を走らせた。

2　悲報

マリーフレードとは、スウェーデン語で「マリアの平和」という意味だ。レーヴスネースの館から八キロほど南へくだったあたり、メーラレン湖の南岸に位置するこの地を訪れる人の目をまず引くのは、十四世紀に要塞《ようさい》として建てられた湖畔《こはん》の城だろう。

だが、グスタフの目的はそれではない。グリップスホルム城と呼ばれるこの城が、ヴァーサ家にとって歴史的事件の舞台《ぶたい》となるのは、まだ先のこと。いま、グスタフがめざすは、湖を見おろす小高い丘《おか》の上に立つ、石の壁《かべ》にかこまれた質素な修道院だった。この修道院に、グスタフが訪ねようとするヤコブ・ウルブソンが住んでいた。

長年にわたり、ウプサラで大司教の要職についていたヤコブ・ウルブソンである。ウプサラ大学の創設に尽力《じんりょく》し、スウェーデン、デンマーク両国の王侯《おうこう》貴族とも互角《ごかく》にわたりあった、あのウルブソンである。

とはいえ、さすがのウルブソンも老いては心身ともに疲《つか》れ果《は》て、自らその地位を対立するデンマークびいきのグスタフ・トロッレに譲《ゆず》りわたすと、政争とは無縁《むえん》の静かな暮らしを求めて、マリーフレードの修道院に隠居《いんきょ》したのだった。

いま、ウルブソンは修道士用の丈《たけ》の長いウール地の黒い服に羊皮の外套《がいとう》をはおって、ひとり中庭に出ていた。流れる低い雲の合間から、初冬の弱い光が斜《なな》めにさしこんでいる。中庭につくった畑で薬草を育てているのだが、まだ霜《しも》にもやられず、どうにか収穫《しゅうかく》できそうだった。

風邪《かぜ》に効くタイム、痛み止めになるローズマリー、胃腸にいいミント……。ウルブソンが、かがみこんで薬草を摘《つ》んでいると、門番役の修道士が足早にやってきた。

修道士は老修道士に軽く会釈《えしゃく》し、こう告げた。

「身分の高そうな、若いお方がお見えです。名前も要件もおっしゃいません。ただウルブソンさまに、じかにお話ししたいと……」

老修道士はだれだろうといぶかりながらも、ゆっくりと腰《こし》をのばし、「ここへ通しなさい」と静かに命じた。

しばらくすると、中庭の小道をひとりの若者がきびきびと歩いてきた。

ウルブソンはその顔を見て、はっとした。ひと目でだれかわかったのだ。

「こ、これは、お久しい……。デンマークから、ご無事でお戻《もど》りになられたのですね」老修道士は突然《とつぜん》の客に向かって深々と頭をさげると、さっそく親しげに話しかけた。「最後にウプサラでお目にかかってからというもの、若ステューレさまのもとで、実にいろいろなことがありましたな。けれどようやく、我が国にも平和と安寧《あんねい》が訪れそうですぞ」

ウルブソンは、グスタフがウプサラで学問に励《はげ》んでいた十代のころから、この勝気で聡明《そうめい》な若者をよく知っていた。

初めて出会ったころのグスタフは、文武両道に秀《ひい》でた、まぶしいくらいにまっすぐな少年だった。少年自身も、早くから自分の立場を自覚していたのだろう。老ステューレの血をひき、〈独立派〉の父を持つ自分が、デンマークの圧政に苦しむスウェーデン人にとって、ひと粒《つぶ》の真珠《しんじゅ》のような存在となることを――。

いま、その少年がりっぱな若者となって――いや、たしかに少し憔悴《しょうすい》しているようではあるが、それでも凜《りん》とした青年となって、目の前にたたずんでいる姿に、ウルブソンは深い感慨《かんがい》を覚えた。

それだけ、自分は年をとったということだな。時の流れには逆らえん。自分は老い先短いが、この若者にはまだ未来がある……。

ウルブソンは胸の中でつぶやくと、グスタフに、クリスチャン王と和解することを強くすすめた。和解する気があるのなら、自分がひと肌脱《はだぬ》ごうとまで申し出た。

けれども、グスタフは老修道士の真意を知ってか知らでか、大きく首を横に振《ふ》った。

「『スウェーデン人を根絶《ねだ》やしにしてやる』とデンマーク人が口にするのを、ぼくはこの耳で何度も聞きました。デンマークへ送られる船の中でも、カルー城に着いてからも……」

「グスタフ、そんなことは冗談《じょうだん》だ。クリスチャン王がストックホルム城に入られて、王位に就いた。これまではたしかにいろいろあったが、実のところは慈悲深《じひぶか》い王だというではないか。今後は、この国がうまく治められることを祈《いの》るばかりだ。とにかく、新王の即位式《そくいしき》がどんなようすだったか、その報告をわたしは楽しみに待っているのだよ」

ふたりはしばらくのあいだ、スウェーデンが迎《むか》え入れた新しい国王について話しあった。だが、いくら互《たが》いが言葉をつくしても、話し合いは平行線のままだった。

ウルブソンは大きくため息をついた。

デンマークで人質にされていたのだから、この若者が新王に対してかたくななのも仕方あるまい。気持ちがほぐれるには、それなりに時間がかかるというものだ。

長い人生経験から老修道士はそう結論づけると、客としてしばらくこの修道院にとどまってはどうか、とグスタフを誘《さそ》った。

グスタフもその誘《さそ》いを受け入れ、ウルブソンとともに、マリーフレードの修道院でストックホルムからの知らせを待つことにした。


数日は、何事もなく過ぎた。とはいっても一日ごとに着実に気温はさがり、日の出は遅《おそ》く、日の入りは早くなっていった。初雪はとっくにとけて消えていたが、地面が白いままになるのも、もうじきだろう。

そんなある日、グスタフとウルブソンが中庭で霜《しも》のおりた薬草のようすを見ていると、門番役の修道士がいつにもまして足早にやってきた。

「ストックホルムからの知らせがまいりました」

「すぐに、ここへ」ウルブソンはうわずった声で命じた。

まもなく汚《よご》れた身なりの、胸に届きそうなほどあごひげがのびた男がふらつく足で中庭へ入ってきて、老修道士の前に倒《たお》れこむようにひざまずいた。

「どうした？　なにがあったのだ？　早く話しなさい」ウルブソンはうながしたが、男は唇《くちびる》をふるわせるばかりで、ひとつも言葉が出てこない。ついには目に涙《なみだ》をためて洟《はな》をすすりはじめた。

「早く話してくれ！　なにがあったのだ？」グスタフはいらだった。

「こちらは、即位式《そくいしき》に参列されたエリック・ヨハンソン・ヴァーサ殿《どの》のご子息じゃ。ストックホルムでなにがあったのか、わたし同様、たいそう気にしておられる。見てきたことを話してさしあげなさい」ウルブソンは男を落ち着かせようと肩《かた》にそっと手を置き、できるだけやさしい声でもう一度うながした。「さあ、話しなさい……」

とたんに、男は老修道士の足元に、わっと泣きくずれた。

「ウルブソンさま……。この国は……この国は、本当に、ひどいことになってしまいました……」

「どういうことだ？」グスタフはかがみこんで、男の両手を包むように引きあげた。「話すのだ。ストックホルムで、いったいなにがあった？」

すると男は泣きながらも、片手でおそるおそる自分の首を切るしぐさをしてみせた。

「だれかが、首を切られたというのか？」グスタフが声を鋭《するど》くして尋《たず》ねると、男は黙《だま》ってうなずいた。

「いったい、だれの……。父上は？　ぼくの……いや、わたしの父がどうなったか、知っているのか？」グスタフは重ねて尋《たず》ねた。

男はうつむいたまま、ふるえる片手で同じしぐさをくり返した。

「うおーっ！」グスタフはいきなり天をあおぎ、慟哭《どうこく》に近い悲鳴をあげた。

その声におどろいたのか、中庭の片隅《かたすみ》の葉の落ちたナナカマドの木にとまっていた小鳥の群れが、いっせいに羽《は》ばたいた。

だが、そのあと、あたりは静寂《せいじゃく》に包まれた。そのまま、中庭の三人が吸いこまれてしまいそうなほどの静寂《せいじゃく》に……。

しばらくしてウルブソンは唾《つば》を飲みこみ、青ざめた顔で声をふるわせながら、たしかめるように男に尋《たず》ねた。

「クリスチャン王が……グスタフのお父上の……命を奪《うば》った……という意味なのか？」

「は、はい……」男は涙《なみだ》をぬぐいながら、うなずいた。

しばらくのあいだ、男は地面につっぷし泣きくずれていたが、どうにか落ち着きを取《と》り戻《もど》すと、ストックホルムで起きた悪夢のようなできごとを低い声で語りだした。

スウェーデンの首都ストックホルムは、大小さまざまな島の上に築かれた水の都である。町の東側にはバルト海が、西側にはメーラレン湖が広がり、ちょうどその境にある、歩けば小一時間でまわれるほどの、いまでは〈旧市街《ガムラスタン》〉と呼ばれる小さな島に、町の中心となる城や大聖堂が立っている。

もともとは十三世紀半ば、海からやってくる外敵を防ぐために、この島に砦《とりで》がつくられたのが町の歴史のはじまりだった。だがじきに、砦《とりで》の島はリューベックやハンブルクといったハンザ都市との交易の拠点《きょてん》として発展しはじめる。島を縦横に走る路地や細い通りに石畳《いしだたみ》が敷《し》かれ、間口《まぐち》の狭《せま》い建物が、道の両側に破風《はふ》をならべていった。

その島の〈大広場〉が歴史的惨劇《さんげき》の舞台《ぶたい》となったのは、クリスチャン二世の即位式《そくいしき》から四日後の一五二〇年十一月八日であった。新王クリスチャン二世はストックホルム城から日と鼻の先にある〈大広場〉で、自ら宴《うたげ》に招いた百名近いスウェーデンの貴族や聖職者の首を、つぎつぎと刎《は》ねさせたのである。

言い伝えによれば、〈大広場〉の石畳《いしだたみ》はみるみるうちに血に染まり、その血はまっ赤な川となって、四方の路地の側溝《そっこう》を海まで流れくだったという。これこそ、のちの世に伝わる〈ストックホルムの血浴《けつよく》〉事件である。

スウェーデンにとって有力な男たちが殺されただけではない。広場で犠牲《ぎせい》となった男たちの妻子は、夫亡きあとデンマークとの和平に尽力《じんりょく》した若ステューレ総統の未亡人とともに、その場で捕《とら》えられてしまった。当然、グスタフ・ヴァーサの母親と妹たちも囚《とら》われの身となり、人質は全員、船でデンマークの首都コペンハーゲンへ送られることになった。

マリーフレードの修道院の中庭で、ストックホルムから急ぎ戻《もど》った男が語ったのは、まさにこの惨劇《さんげき》の一部始終だった。ウルブソンの間者《かんじゃ》である男は市民にまぎれて、〈大広場〉の片隅《かたすみ》で、この惨劇《さんげき》を目にしてきたのである。

ウルブソンもグスタフも、しばらくのあいだは声も出せぬほど強い衝撃《しょうげき》を受けていたが、やがて父親をはじめ、義弟や〈独立派〉の重鎮《じゅうちん》たちの死を知ったばかりの若者は、おさまらない怒《いか》りと悔《くや》しさに肩《かた》をふるわせながら、涙《なみだ》の筋のついた顔で老修道士を真正面からにらみつけた。

「ヤコブソンさま、スウェーデン人がクリスチャン王に期待した慈悲深《じひぶか》さとは、これですか？　クリスチャン王は、父や義弟たちを宴《うたげ》に招いて油断させ、最初から殺すつもりだったのです。ああ、だから、わたしはマルガレータに、『ぜったいに行くな』と言ったのに……！　くそっ、こんなことになるなら、体を張ってでも妹夫婦を止めるべきだった……」グスタフはそこで言葉を切ると、いっそう表情をかたくして、こうつづけた。

「こうなったからには、もう一日たりともおろそかにできません。わたしは、使命を果たしに、いますぐダーラナ地方へまいります。ダーラナの民を説得し、結束して立ちあがらせる。父たちの死に報いるためにも、愛する祖国を、あの残忍《ざんにん》な男の手から解放する。それが、このわたし、グスタフ・エリックソン・ヴァーサに与《あた》えられた唯一《ゆいいつ》の使命です！」

3　旧友

マリーフレードの修道院からレーヴスネースの館に戻《もど》ったグスタフは、すぐに旅じたくをととのえ、翌朝、まだ薄暗《うすぐら》いうちに北へ向けて葦毛《あしげ》の愛馬で出発した。黒い外套《がいとう》で隠《かく》すようにはしているが、腰《こし》には館から持ち出した、いまでは父親の形見となってしまった長剣《ちょうけん》を差している。鞍《くら》には、当座必要な食料と金《かね》を布に包んでしばりつけてある。

十一月の日は短い。少し明るくなったかと思うと、太陽は低く森にかかり、数時間もすれば沈《しず》んでしまう。

レーヴスネースのあるセーデルマンランド地方からヴェストマンランド地方を抜《ぬ》け、ダーラナ地方へ入るまでには、百キロ以上の距離《きょり》がある。

馬上のグスタフは、暗くなる前に少しでも距離《きょり》をかせぎたいと焦《あせ》る気持ちを抑《おさ》えながら、革の手袋《てぶくろ》をはめた手で手綱《たづな》を握《にぎ》っていた。

馬の体力を温存するため、けっして急がせることはしなかったが、それでも耳を切るように風が鳴っている。湖をわたってくる風は湿《しめ》り気《け》を帯びて冷たく、グスタフは何度も外套《がいとう》の襟《えり》を片手でかきあわせた。

馬のひづめが単調なリズムを刻む。その音に合わせるかのように、グスタフの脳裏《のうり》にさまざまな思い出が走馬灯《そうまとう》のように浮《う》かんでは消えていく。父親の威厳《いげん》に満《み》ちたまなざし、母親の上品な言葉づかい、妹たちの屈託《くったく》のない笑い声……。

こうして馬に揺《ゆ》られているあいだにも、ストックホルムではなにが起きているのだろうか、と気になって仕方がない。

父上や義弟のヨアキムをはじめ、だまされたと知って殺された者たちは、どれほど無念だっただろう。犠牲《ぎせい》になった者たちの首や遺体は、まだ広場にさらされたままなのか……。人質になった母や妹たちは、いったいどうなったのか、もうデンマークへ送られてしまったのか……。いまごろは船に乗せられて、海の上にいるのかもしれない。そもそも母と妹たちはいっしょにいられるのか、それとも、ばらばらに引《ひ》き離《はな》されてしまったのか？　せめていっしょにいられれば、お互い励《はげ》ましあうこともできるだろうが……。まさか、若い女たちがデンマーク兵の慰《なぐさ》み者にされるようなことは……。

あれこれ考えをめぐらせていると、それだけで心がかき乱され、思わず大声をあげてしまいそうになる。グスタフは冷静さを保とうと奥歯《おくば》をぐっと食いしばり、馬の進むはるか先をにらみつけた。

それから丸一日、似たような針葉樹の森をいくつも抜《ぬ》けて旅をつづけ、日が暮れるころになって、ようやく人里離《はな》れた農家へたどりついた。

ここは、ヴェステロースの東のあたりだろうか。ヴェステロースの城には、スウェーデン中部を束ねるデンマーク人の執政官長《しっせいかんちょう》ヘンリック・フォン・メーレンがいるはずだ。

できることなら、もう少し先へ行きたいとグスタフは思ったが、馬の疲《つか》れたようすとあたりの暗さから、今日はもうこれ以上無理だと判断し、この農家でひと晩泊《と》めてもらおうと、鞍《くら》の荷物を持って馬を降りた。

母屋《おもや》の扉《とびら》を叩《たた》くと、実直そうな初老の男が顔をのぞかせた。

男は一夜の宿を乞《こ》う長剣《ちょうけん》を手にした若者を見ると、一瞬《いっしゅん》、はっとした顔をしたが、木につないである、すらりとした脚《あし》の長い馬に気がつくと、「中に入れておやりなさい」と言って納屋を指さした。それから、「藁《わら》が積んであるから、馬にやるといい。水も忘れずに」とつけ加え、自分は先に母屋へひっこんだ。

少しして、馬の世話をおえたグスタフが母屋へ入っていくと、男はかまどに火をおこして待っていた。

「外は寒かったろう。こっちへきて、あたたまりな」男はそう言って、火の近くの木製の丸椅子《まるいす》のひとつを客にすすめた。「馬と同じで、おまえさんも腹が減ってるんじゃないのか？　……といっても、うちにはこれしかないが。なにしろ、貧しい男のやもめ暮らしでな」

男が木の器《うつわ》によそってくれたのは、さらさらとしたカラス麦のおかゆだった。味も薄《うす》いが、そんなものでもあたたかい食事にありつけるのは、グスタフには実にありがたい。

かまどの前の丸椅子《まるいす》に、外套《がいとう》を脱《ぬ》いだグスタフは男と向きあうように腰《こし》をおろした。

ふたりの顔を、かまどの火がちらちらと照らす。時折、木の枝がパチパチと跳《は》ねる音がするものの、おだやかで心地よい時間が過ぎていく。

グスタフは用心して自分の名こそ明かしはしなかったが、ここ最近、この国で起きたことを男に話して聞かせた。

男はグスタフの話におどろき、怒《いか》り、嘆《なげ》き悲しんだ。デンマーク王がこの国を支配するなどありえない、この先、どうなってしまうのか、なぜスウェーデン人は戦おうとしないのか、このままでは犠牲《ぎせい》になった人々の流した血が無駄《むだ》になる、と——。

グスタフは男の目をまっすぐに見つめ、素朴《そぼく》だが心から国を思うこの男は信頼《しんらい》できると判断した。そこで思いきって、自分の身分と目的を打ち明けた。

すると、男はまばたきひとつせずグスタフを見つめ返し、声を落として言った。

「やはり……やはり、そうでしたか……。先ほど、扉《とびら》を開けたときから、うすうす感じておりました。あなたさまがヴァーサ家のグスタフ・エリックソンさまで……。そうであるなら、お話しせねばならんことがあります。昨日、近くの村へ行ったときに耳にしたのですが……クリスチャン王は、あなたさまの首に賞金をかけましたぞ。逃《に》げ出した人質グスタフ・エリックソン・ヴァーサを捕《つか》まえ、国王側に引きわたした者に、大判銀貨十二枚を与《あた》えると。銀貨十二枚ですぞ！

わしみたいな貧しい農民にとっちゃ、まずもって手にできない大金だ。ひとり者のわしなら、二、三年は楽に暮らせる。ですから、そんな身なりで、いくら急いでいるからといって、あんないい馬に乗って旅をつづけていては危ない。あなたさまがだれか、ひと目でわかってしまいます。いまや、デンマーク人どころか、スウェーデン人にだって、密告する不届き者がいないとはかぎりません」

グスタフは、この男の言うことはもっともだと思った。戦うための長剣《ちょうけん》も、足の早い馬も、いたずらに人目を引くだけだ。この首に懸賞金《けんしょうきん》がかけられたいま、旅をつづけるなら、少しでも目立たぬようにしなければ。それには、ごくふつうの農民らしい格好《かっこう》をしたほうがいいだろう。

こう考えたグスタフは、「服を取《と》り替《か》えてもらえないか？」と男に頼《たの》んだ。「農民が着るような質素な生成《きなり》の服に……」

男は快く引き受けた。グスタフの馬をあずかることも承知した。いつかグスタフさまが国のためにお立ちになり、こうした品々を必要とされる日まで、馬の世話をし、だいじな剣《けん》や持ちものを見つからないように隠《かく》しておきます、と。

グスタフは男に心から礼を述べた。そして最低限必要な金《かね》を巾着《きんちゃく》袋《ぶくろ》に入れて首にさげると下着のシャツの中にしまい、男が用意してくれた藁《わら》の寝床《ねどこ》で眠《ねむ》りについた。

明け方近く、グスタフは夢を見た。

――故郷のリードボーホルム城の広い庭で、子どものグスタフが乗馬の稽古《けいこ》をしている。さんさんと降りそそぐ日ざしのもと、生垣《いけがき》の前には若い母と幼い妹たちが立っている。ひづめの音が軽《かろ》やかにこだまする。

グスタフがかけ声とともに手綱《たづな》を引いて野バラの茂《しげ》みを飛び越《こ》えてみせると、妹のマルガレータが「お兄さま、上手、上手！」と拍手《はくしゅ》を送ってきた。

調子に乗ったグスタフは馬を方向転換《てんかん》して、「どうっ！」と馬に声をかけながら、母親と妹たちの目の前を一気に駆《か》け抜《ぬ》ける。

「グスタフ、そんなに速く走らせないで」母が心配そうな声をあげる。

「だいじょうぶですよ」と、馬上からグスタフ。「だいぶ上達したから」

「油断大敵ですよ。うまくなったと思うときこそ、気を引きしめなさい」

「母上は心配性だからなあ」グスタフは母の言葉を高らかに笑い飛ばすと、手綱《たづな》をぐいと引いてふたたび方向転換《てんかん》し、庭の端《はし》から端へとまた一気に駆《か》け抜《ぬ》けた。

馬が蹴《け》りあげる白い砂ぼこりが、もうもうと舞《ま》いあがる。

しばらくすると、おてんばなマルガレータが自分も兄のように馬に乗りたいと駄々《だだ》をこねはじめ、制する母親の手を振《ふ》りはらい、青々とした草の上を裸足《はだし》で駆《か》けてきた。

危ない！

馬の前に飛び出してきた妹を、グスタフはみごとな手綱《たづな》さばきでぱっとよけ、そのまま森の中へと駆《か》けていく。

「グスタフ兄さま！」はるかうしろでマルガレータの声がする。「グスタフ兄さま、待って！　お願い、グスタフ兄さま……！」

グスタフは寝床《ねどこ》から跳《は》ね起き、首を左右に振《ふ》った。妹の切ない呼び声がまだ耳に残っている。どういうことだ？　人質にされたマルガレータがわたしに助けを求めているということか……。デンマーク兵から、「兄に命乞《いのちご》いの手紙を書け！」と強要されているのだろうか？　カルー城でのわたしがそうだったように……。それとも、まさか拷問《ごうもん》に……。とにかく、朝寝《あさね》などしてはいられない。すぐに出発しなければ――。

それからしばらくして、農家の扉《とびら》を開けて出てきたのは、くたびれた生成《きなり》の上着に腰紐《こしひも》を結び、その紐《ひも》にさや付ナイフをさげ、斧《おの》と麻袋《あさぶくろ》をかついで、つばのある黒い帽子《ぼうし》を目深《まぶか》にかぶった若い男だった。

その姿は、農期ごとに仕事をさがしてさすらう、しがない作男《さくおとこ》そのものだった。

ダーラナ地方は、面積およそ三万平方キロメートル。日本の四国より大きいが、九州よりは小さいといえば、想像がつきやすいだろうか。スウェーデン中部の内陸に位置し、西側はノルウェーの山岳《さんがく》地帯と国境を接している。スウェーデンの産業にとってかけがえのないベルイスラーゲン鉱山地帯は、ダーラナ地方の南部にもまたがっている。

貧しい農民に姿を変えたグスタフ・ヴァーサがダーラナ地方へ足を踏《ふ》み入れたのは、暦《こよみ》の月が替《か》わるころであった。

ここ数日のあいだに足元に雪は積もり、蹴《け》ればさらさらと舞《ま》い散るような粉雪とはいえ、すでに春までとけそうになかった。底の厚い革靴《かわぐつ》を履《は》いていても、雪の冷たさが足裏に伝わってくる。

森の合間に点々とつづく湖にも、うっすらと氷が張っている。雪と氷におおわれ、白と黒の濃《のう》淡《たん》に変わっていく単調な十二月の景色の中で、ところどころに見える弁柄《べんがら》の塗《ぬ》られた赤い小さな木の家だけが、そこに暮らす人間のあたたかみを感じさせてくれた。

ダーラナ地方のファールンには、ヨーロッパでも屈指《くっし》の銅山がある。銅の精製過程で出る赤い弁柄《べんがら》は、木の家に塗《ぬ》ると耐久性《たいきゅうせい》が増すという。これは地元で暮らす民の知恵《ちえ》なのだが、なだらかな丘《おか》の上からこうした赤い木の家が湖畔《こはん》や森の木《こ》の間《ま》に見えるのは、まさしくダーラナ地方らしい光景だった。

いまが夏なら、なおいっそう、弁柄《べんがら》の赤い色は森の緑や湖の青に美しく映えただろう。グスタフは想像をふくらませ、しばし、あたたかい太陽の光をまとって丘《おか》にたたずんでいる自分を思い描《えが》いた。それから目をしばたたいて、体を大きくふるわせた。

のんびりと想像の世界にひたっている場合ではない。さて、これからどうするか……。まずはだれを頼《たよ》るか……。グスタフは考えをめぐらしながら、ルン湖のほうへつづく森の斜面《しゃめん》をくだっていった。

グスタフには、ダーラナ地方のいくつかの村に友人がいた。ウプサラで勉学に励《はげ》んでいたとき、この地方の鉱山主や豪農《ごうのう》の子弟と知りあい、机をならべるうちに、スウェーデンの独立をめざすことで意気投合、かなり親しくなったのだ。

そのうちのふたりは、ルン湖の近くに住んでいる。

ひとりは鉱山主の跡取《あとと》りで、名をアンデッシュといい、湖の南東、小さな製鉄所のあるランクヒッタン村の館で暮らしている。

やはり、アンデッシュを訪ねてみよう、あいつがいちばん頼《たよ》りになりそうだから、とグスタフは思った。

なにしろ、あいつの尊敬する人物はエンゲルブレクトだったものな。ヘンリック先生の歴史の授業でエンゲルブレクトについて習ったとき、アンデッシュときたら、「ぼくも将来、エンゲルブレクトみたいに、スウェーデンのために戦うんだ！」と、目をきらきらさせて興奮していたじゃないか。うん、あの日の授業は、いまもはっきりと覚えている――。

「ここで少し、エンゲルブレクトについて説明しよう」ヘンリック先生のよく通る太い声が、部屋じゅうに響《ひび》いた。

南向きの窓から、午後の日がさんさんと降りそそいでいる。先生の広い額にも光があたっている。

生徒たちは皆《みな》、真剣《しんけん》な顔つきだ。

エンゲルブレクトの話ならしっかり聞かなくてはと思い、グスタフも姿勢を正した。

「まずカルマル同盟だが……」先生は、ゆっくりと話しだした。

「一三九七年、スウェーデンのカルマルで、デンマーク、スウェーデン、ノルウェーの三国間に同盟が結ばれたことは、前に話したね。同盟を呼びかけたのは、時のデンマーク女王マルガレータ。デンマーク語ではマルグレーテだ。女王は自身の甥《おい》にあたる、弱冠《じゃっかん》十五歳《さい》のポンメルン公エリックを三国共通の国王に定め、自分はうしろで実権を持ちつづけたのだよ。

エリック王が名実ともに国王の権力を手にしたのは、マルガレータが亡くなった一四一二年、三十歳《さい》になったときだった。けれども、手にしたのは権力ばかりではなかった。バルト海の権益《けんえき》をめぐる北ドイツのホルシュタイン地方との戦争も、引き継《つ》ぐ羽目になってしまったのだ。

この戦争は複雑化し、当時バルト海の貿易を独占《どくせん》していた北ドイツのハンザ商人たちは、ホルシュタイン側に味方して、すべての取引を凍結《とうけつ》した。これにより、デンマークやスウェーデンにはドイツから塩が入らなくなってしまった。そう、これはまさしく死活問題だ。塩は食料を保存するのに、なくてはならぬものだからね。また逆に、スウェーデンではベルイスラーゲン鉱山地帯からの鉄や銅の輸出が止まり、鉱山関係者の生活はとても苦しくなった。

エリック王は長引く戦争の膨大《ぼうだい》な費用をまかなうため、スウェーデンの農民に重い税を課し、男たちを徴兵《ちょうへい》した。そのうえ、スウェーデン中部の町や城にまで、デンマーク側の執政官《しっせいかん》をつぎつぎと送りこみ、民衆への締《し》めつけを強めたのだ。

内政にまで干渉《かんしょう》するエリック王のやり方に、農民や鉱山関係者のみならず、スウェーデンの貴族や聖職者たちも不満をつのらせた。カルマル同盟の理念とは、大ちがいだったからだ。

そして、ついに一四三四年、スウェーデン側の堪忍袋《かんにんぶくろ》の緒《お》が切れた。ダーラナ地方の農民や鉱夫たちが武力蜂起《ほうき》したのだ。このときに彼《かれ》らを率いたのが、ベルイスラーゲン鉱山地帯の鉱山主エンゲルブレクトという人物だった」

「エンゲルブレクトと、彼《かれ》とともに立ちあがったダーラナの民は、ぼくたちの誇《ほこ》りです」

突然《とつぜん》、口をはさんだのは、アンデッシュだった。屈託《くったく》のない笑みを浮《う》かべて、ヘンリック先生をまっすぐに見つめている。

先生は話が中断されたことにもいやな顔ひとつせず、「ああ、きみもダーラナ地方の鉱山主の息子だったね」と大きくうなずいた。そして、「アンデッシュは、いまでもダーラナ地方の人々がエンゲルブレクトを慕《した》っているということの、まさに生き証人だな」とつけ加え、めずらしく声をたてて笑った。

アンデッシュはアンデッシュで得意満面、そっくり返りそうなほど胸を張り、ぐるりと学友たちを見まわした。

とたんに部屋じゅうが笑いに包まれ、いつになく授業は砕《くだ》けた雰囲気《ふんいき》になった。

「えーっと、それで……」先生はわざとらしい咳払《せきばら》いをひとつすると、いつもの落ち着いた声に戻《もど》り、つづきを話しはじめた。

「……エンゲルブレクト率いる蜂起軍《ほうきぐん》は、在ヴェステロースの執政官長《しっせいかんちょう》を手はじめに、スウェーデン中部にいたデンマークの執政官《しっせいかん》をつぎつぎと追い出すことに成功し、一気に勢いづいた。

一四三五年には、メーラレン湖の西、ベルイスラーゲン鉱山地帯の南に位置する、ヴェストマンランド地方のアルボーガという町で、貴族、聖職者、市民からなる議会が開かれ――つまり、これがスウェーデン初の国会ともいえるわけだが――その議会で、エンゲルブレクトがこの国の最高指揮官に選ばれた。彼《かれ》の指揮下、いよいよスウェーデンに独立の機運が高まったのだ。

けれども、それも束《つか》の間《ま》、国内に親デンマーク、反デンマークの勢力が入り乱れるなか、頼《たの》みのエンゲルブレクトは一四三六年、あるスウェーデン人貴族の手によって暗殺されてしまう。このののち、スウェーデンの独立運動は下火となり、この国はふたたびデンマークの圧政に苦しむことになるのだよ――」

グスタフがアンデッシュと川でふざけあったのは、同じ日の帰り道だった。ふだんは授業がおわると寄り道などせず、まっすぐ下宿先に帰るのだが、その日はあまりに天気がよく、グスタフはしばらく外を歩きたい気分だった。そんな気持ちを察したのか、アンデッシュが「ちょっと川へ行ってみないか？」と声をかけてきた。

ふたりはウプサラの町を流れるフィリース川のほうへ、大聖堂脇《わき》の坂をくだっていった。どっしりとした大聖堂の正面のふたつの塔《とう》が、雲ひとつない青空に両手をのばすかのように、そびえたっている。

狭《せま》い路地を抜《ぬ》けて川につきあたると、ふたりは土手に沿って流れをさかのぼっていった。土手のあちこちで、ウワミズザクラの白い花が風に揺《ゆ》れている。ピンクや薄紫《うすむらさき》のライラックも、いまが盛りだ。

川沿いに立つ平屋の民家が途切《とぎ》れると、その先には青々とした牧草地が広がり、茶色の牛たちがのんびりと草をはんでいた。

太陽は惜《お》しみなく、明るい光をそそいでくる。

土手から眺《なが》める川面《かわも》は日の光を浴びて、きらきらと輝《かがや》いていた。

「こんな川、ダーラナ地方を流れるダール川に比べれば、ほんの小川に過ぎないが、それでもこの季節の川は、美しいもんだな」アンデッシュが栗色《くりいろ》の前髪《まえがみ》をかきあげ、目を細めながら、しみじみと口にした。

そう、季節は初夏。日なたでじっとしていると、汗《あせ》ばむくらいに暑い。

「ちょっと、足でもつけてみるか？」とアンデッシュ。

うん、とグスタフが返事する間もなく、アンデッシュは靴《くつ》と長靴下《ながくつした》を脱《ぬ》ぎはじめ、ズボンを腿《もも》までまくりあげると、土手を一気に駆《か》けおりていった。

「おおっ、気持ちいいぞ！　きみも早くこいよ」

グスタフもようやく裸足《はだし》になり、土手をおりて、そろそろと川の中へ足を踏《ふ》み入れた。

「うっ、冷たい」

「ああ、でも気持ちがいいだろ？」

「うん。それに、意外と水がきれいだ」グスタフは思わず、川の水を両手ですくいあげた。「この水は、海までずっときれいなまま流れていくんだろうか……」

「それは無理だろ。途中《とちゅう》でゴミやら汚水《おすい》やら、きたないものが混じる。とくにこういう、町を流れる小さい川は……。ダール川みたいな大きな川なら、薄《うす》まるかもしれないが……」

「ダール川って、ノルウェーとの国境近くの山のほうから流れてくるんだろ？」

「そうだよ。東ダール川と西ダール川が、途中《とちゅう》で一本になって、ボスニア湾《わん》まで流れていくんだ」

「へえ、見てみたいな、ふたつの川がひとつになるところ……」グスタフが両手を振《ふ》って水を切っていると、ふいにアンデッシュがバシャッと大きな音をたてた。

と思うや、冷たい水がグスタフの顔にかかった。

「わっ、なにをする！」

「油断しているから、隙《すき》をついてやったぞ。それ、もう一発！」

「わっ、やめろ！　冷たい！」

「ほれ、もう一発！」

「それなら、こっちもお返しだ！」

「よし、受けて立つ。おれは、勇士エンゲルブレクトだ！」

「おそるるに足りぬ。食らえ！」

　ふたりは大声をあげながら、バシャバシャと水をかけあった。しまいには、ふたりとも全身びしょ濡《ぬ》れになり、シャツの裾《すそ》を両手で絞《しぼ》る始末だった。

　そんなふたりの姿を、土手を通りかかった若い娘《むすめ》たちがクスクスと笑って見ている。近くの農家に手伝いにきているのだろう。

　娘《むすめ》たちの視線に気づいてか、「そろそろ、あがろう」とアンデッシュが停戦を申し入れ、グスタフもすぐさま応じた。

　それから、ふたりして土手の草に寝《ね》ころび、日にあたって服を乾《かわ》かした。じわじわと乾《かわ》いていくシャツの袖《そで》から、汗《あせ》と草のにおいがする。

　あおむけになって見あげる空は、どこまでも青く澄《す》んでいる。初夏のこの国では、太陽はなかなか沈《しず》まない。

　しばらくして体を起こすと、腹這《はらば》いになっていたアンデッシュがグスタフを見あげて言った。

「なあ、グスタフ。いつか、本当にダーラナへきてくれよ。そしたら、ぼくの故郷を案内するから。エンゲルブレクトゆかりの場所にも連れていくぞ。楽しみにしている」

「うん、いつか必ず」

あれから十年。グスタフはいま、本当にアンデッシュの故郷にきている——。


グスタフは村をかこむアカマツの森を抜《ぬ》けると、アンデッシュが館にいてくれるといいがと願いながら、雪で白い、刈入《かりい》れの済んだ麦畑のあいだの道を足早に歩いていった。

だが館の前にきても、いきなり旧友を訪ねることはせず、少しようすを見ることにした。

たしかにウプサラにいたころは、アンデッシュはまぎれもなくスウェーデンを思う憂国《ゆうこく》の士だった。けれども、いまはどうかわからない。ほかの者たちと同じく、デンマーク王の口約束にだまされていないともかぎらないではないか……。

そのときちょうど、館の中庭に立つ大きな納屋から、ひげ面《づら》の男が出てきた。

グスタフはその男に、「この館に、おれに向く仕事はないかな?」と声をかけた。

「おまえに向く仕事だと?」男は、ふらりとやってきた薄《うす》ぎたない貧しそうな若い男に目をやると、見くだしたように、「おれは、この館の下男頭だ。ちょうどいい。カラス麦の脱穀《だっこく》の仕事があるぞ。こっちへこい」と手招きした。

グスタフは「そいつは、ありがたい」と言って軽く頭をさげ、男について納屋へ歩いていった。

納屋の中では、下男や作男《さくおとこ》たちが床《ゆか》に広げたカラス麦の穂《ほ》を棒でバタバタと叩《たた》いて、脱穀《だっこく》の仕事に精を出していた。麦の穂《ほ》や殻《から》が、もうもうと宙に舞《ま》っている。グスタフは思わず咳《せ》きこみそうになった。

下男頭はさっそく新入りの男に麦を叩《たた》く棒をわたし、すぐに取りかかれ、とあごをしゃくって指図した。

グスタフはかついでいた斧《おの》と麻袋《あさぶくろ》を置き、すぐに作業の列に加わった。

だが、貴族の若者は脱穀《だっこく》の仕事などしたことがない。棒を手にしたものの、ぎこちないしぐさに、たちまち手慣れていないことが露呈《ろてい》してしまった。

ほかの働き手は好奇《こうき》の目で、新入りの若造を見ながら低い声でささやきあっている。

「あいつ、農作業をしたことがないのか……」

「力はありそうだが、おかしな奴《やつ》だな……」

そこへ、若い女中が桶《おけ》にくんだ飲み水を運んできた。

「みんな、ちょっと手を休めて、喉《のど》をうるおしてちょうだい」

女中は広い納屋を見まわすと、すぐに新入りの男に目をとめた。

目の下にくまがあるが、鼻筋の通った、なかなかいい男じゃないか。あたしの好みだよ。そう思った女中は新入りの若い男の気を引こうと、ひしゃくで桶《おけ》の水をくみ、「あんたも、お飲みよ」と相手の口元に押《お》しつけた。

ところが男は無言のまま首を横に振《ふ》り、さっと背を向けた。

なんて愛想のない……それとも照れてるのかい、と女中は思ったが、そのとき、男の首のうしろに目がいった。襟元《えりもと》から下着のシャツがのぞいている。下着だというのに、襟《えり》ぐりに金糸の刺繍《ししゅう》がほどこしてある。

女中は桶《おけ》とひしゃくをその場に置くと、すぐに母屋《おもや》へ走っていった。そして廊下《ろうか》で女主人の姿を見つけるや、いま納屋で見てきたことを早口でまくしたてた。

「奥《おく》さま、新入りの若い男がいるんですが、怪《あや》しいですよ。なにもしゃべらないし、脱穀《だっこく》の仕事には慣れてないみたいだし、おまけに下着の襟《えり》ぐりに金糸の刺繍《ししゅう》がほどこしてあるんです！」

女主人は女中の話を聞くが早いか、つかつかと夫の書斎《しょさい》へ向かった。

書きもの机の前で書類に目を通していた館の主《あるじ》アンデッシュは、妻の話に顔を曇《くも》らせ、栗色《くりいろ》の前髪《まえがみ》をかきあげると、「面倒《めんどう》なことになっては困る……」とつぶやいた。

どうしたものか、と窓の外に目をやる。すると、ちょうど中庭を下男頭が通りかかった。

アンデッシュはすぐさま窓越《まどご》しに下男頭を呼びつけ、問いただした。

「新しい男を雇《やと》ったのか？」

「はい、先ほど、なにか仕事はないかとふらりとやってきましたもので……。カラス麦の脱穀《だっこく》をクリスマスまでに済ませないとなりませんので、手伝わせようと」

「そいつと話がしたい。書斎《しょさい》へくるよう伝えてくれ」

アンデッシュは部屋へ入ってきた新入りの男を見るなり、その正体がすぐにわかった。

グスタフ！　やっぱり、そうだったか！　グスタフ・エリックソン・ヴァーサ、何年ぶりの再会になるだろう。スウェーデンに戻《もど》っているという噂《うわさ》は本当だったのか……。

旧友の姿を前にしたアンデッシュの脳裏《のうり》に、ウプサラでともに過ごしたなつかしい日々がまざまざとよみがえった。

十代前半だったあのころ――たしかに、自分は楽しい時間をこの男と分かちあった。スウェーデンの現状をともに憂《うれ》い、デンマークからの独立を願い、自分たちの手でこの国の未来を勝ち取るんだ！　と熱い議論を幾度《いくど》となく交わした。ときには軽口も叩《たた》きあった。川でふざけたこともあった。ああ、なんと活気に満ちた楽しい時間だったことか……。

だがいま、グスタフに訪問されても、自分はちっともうれしくない。うれしくないどころか、はっきりいって迷惑《めいわく》だ。グスタフはクリスチャン王から追われる身。もしも、この館で見つかりでもしたら、こっちが疑われてしまう。いくら旧知の仲とはいえ、いまの暮らしを壊《こわ》されてたまるものか……。

再会のあいさつもそこそこに、突然《とつぜん》現れた旧友は、これまでのいきさつを勢いこんで話しだした。加えて、かつてのエンゲルブレクトのように、ダーラナの人々を立ちあがらせ、クリスチャン王と戦うつもりだとまで言う。

アンデッシュは動揺《どうよう》を隠《かく》せなかった。

しばらく沈黙《ちんもく》したのち、館の主《あるじ》は相手を諭《さと》すようにこう言った。

「グスタフ、やめておけ。それは危険をともなう、命がけのことだぞ」

「なにを言う……？」とグスタフ。

「いいか、よく聞け。デンマークとの長い戦争がおわったいま、多くのスウェーデン人が望むのは、クリスチャン王と戦うことではなく、彼《かれ》のもとで平和でおだやかな生活を営むことだ」

「ふん、あたたかい部屋で、のうのうとおだやかな時間を過ごす。それは、けっこうだな」グスタフは嫌味《いやみ》をこめて言い返した。「それで、この国の未来はどうなるのかと考えないのか、きみは？　このまま、デンマークの奴《やつ》らに搾取《さくしゅ》されるのを、指をくわえて眺《なが》めていろと？　父親から譲《ゆず》り受けたきみのだいじな鉱山だって、すぐに奴《やつ》らの好きにされてしまうぞ。鉄は、奴《やつ》らがもっともほしいもののひとつだ」

「おそらく、戦争の計画をよろこんで聞く者は、ほかに少なからずいるだろう。だが、この先、ぼくがきみの仲間に加わることはない」アンデッシュはきっぱりと断った。

「ふん、ウプサラにいたころは、エンゲルブレクトみたいになる、とあんなに張りきっていたのに……」

「それは、夢見る青臭《あおくさ》い少年だったころの話だ。ぼくにはぼくの、いまの生活がある。わかってくれ」

「……」

「なあ、グスタフ。現実を見ろ。奴《やつ》らに逆らっても無駄《むだ》だ。いまや、デンマーク軍とは力の差がありすぎる。隣《となり》のノルウェーは従順にうまくやってるじゃないか」

「表面上はな」

「グスタフ、悪いことは言わん。肉親を殺されたきみの身の上には同情するが、きみまで命を落とすことはない。ここは気持ちを切り替《か》えて、クリスチャン王のもとで、新しい生き方を見つけるんだ。デンマークの奴《やつ》らと、うまく折り合いをつけて……」

「そこまで言うなら、もう話すことはない。わたしは、ここを出ていくまでだ」グスタフは、こわばった表情で言いきった。

アンデッシュは止めなかった。

「ああ、いますぐ、出ていくがいい。この館の者たちが、すでに、きみのことを怪《あや》しんでいるからな」

グスタフは無言のまま踵《きびす》を返すと、走るようにアンデッシュの部屋を出た。

少しして、「雇《やと》ったばかりの男が黙《だま》っていなくなりました」と下男頭から報告を受けた館の主《あるじ》は、ほっと胸をなでおろした。

グスタフは言葉にできない怒《いか》りと悔《くや》しさで、はらわたが煮《に》えくり返っていた。

アンデッシュの奴《やつ》め、なんと臆病《おくびょう》なことよ！　あんな不甲斐《ふがい》ない男だったとは！　よし、つぎはオルネース村のアレントを訪ねてみよう。あいつは勇敢《ゆうかん》な男だ。若ステューレさまの指揮下、いっしょに戦った仲じゃないか。たしか、豪農《ごうのう》の娘《むすめ》と結婚《けっこん》してオルネース村の大きな屋敷《やしき》に住んでいるはずだ。

グスタフは吐《は》く息も荒《あら》く、雪を踏《ふ》みしめ、ルン湖の南岸に沿って西へ向かって歩いていった。腹がたっているせいか、寒さなどいっこうに気にならなかった。

日暮れ間近になって、グスタフはようやくルン湖から流れ出ていくリル川のほとりまできた。この小さな川がルン湖の水を、ボスニア湾《わん》まで流れるダール川へと運んでいくのだ。

湖も川も凍《こお》っている。グスタフは氷の上に歩を進めた。

けれども小さな川とはいえ、流れる水の上では、氷はさほどしっかりと張っていない。突然《とつぜん》バリッと音がして、グスタフは川に落ちてしまった。

冷たい水が衣服の中にしみこんでくる。川の流れと日没《にちぼつ》の闇《やみ》が恐怖《きょうふ》をかきたてる。息が苦しい。手足がしびれて、思うように動かない。このまま、ここで息絶えるのか……。

だが、グスタフは冷静で俊敏《しゅんびん》な男だ。あわてることなく全身の神経を集中させ、すぐに近くの氷の上に這《は》いあがると、ずぶ濡《ぬ》れのまま岸のほうへ引き返した。

日没《にちぼつ》の静寂《せいじゃく》の中に、ぼんやりと明かりがともる古びた小屋が見えた。渡《わた》し舟《ぶね》の船頭の小屋のようだ。

グスタフは雪の上に水滴《すいてき》をたらしながら急いで小屋へ向かい、扉《とびら》を叩《たた》いた。

「旅の者だ。頼《たの》む。今夜ひと晩、泊《と》めてくれ」

ロウソクの明かりを手に扉《とびら》を開けたのは、年老いた船頭だった。もみあげにも、あごひげにも、白髪《しらが》が混じっている。

船頭はずぶ濡《ぬ》れの旅人を見て、にやりと笑みを浮《う》かべると、快く小屋の中へ入れてくれた。

「氷というものは、おいそれとは信用できんもんさ。あんたも、よくよくわかったようだがね」

船頭の言葉に、グスタフは苦笑いをして、こう引き取った。

「ああ、世の中には、信用のおけないものが、ほかにもまだまだあるけどな」

グスタフは小屋の中に入れてもらうと、かまどの前へ行き、黙《だま》って服や荷物を乾《かわ》かした。

かまどの火に浮《う》かびあがるその横顔には、なんともいえぬ悲しみがにじんでいる。

船頭はその顔を見て、よっぽどのわけがありそうだと感じたが、なにも尋《たず》ねなかった。尋《たず》ねたところで、事実を話してくれるような相手でないことは、扉《とびら》を開けた瞬間《しゅんかん》からわかっていた。

悲しみに沈《しず》んでいながら、この男の奥底《おくそこ》には、消えそうで消えないかまどの炭のように、ひとかたならぬ闘志《とうし》がじわじわと燃えている。

船頭は旅人の服がまだ乾《かわ》ききらないのを見てとると、かまどに大きめの薪《まき》を一本くべてやり、

「あとは好きにしな」と言って、小屋の隅《すみ》にあった羊皮の敷物《しきもの》と藁《わら》の束を指さした。「腹が減っているなら、鍋《なべ》にまだ少し麦のかゆが残っている」

「ありがとう」旅人は小声でこたえた。

それからしばらくのあいだ、船頭が小屋の奥《おく》に引きあげたあとも、グスタフはかまどの中の揺《ゆ》らめく炎《ほのお》をじっと眺《なが》めていた。

そうしているうちに、さっきまでかっかと燃えさかっていたアンデッシュへの怒《いか》りは影《かげ》をひそめ、脳裏《のうり》に浮《う》かんできたのは、すでにこの世の人ではなくなった父エリック・ヨハンソン・ヴァーサの姿だった。

しつけに厳しかった父。この国の独立に確固たる信念を持っていた父。だが時折、子どもたちに向けるまなざしは深い愛情に満ちていた。

生きておられるうちに、せめてひと目だけでも会いたかった……。せっかく、わたしがスウェーデンへ帰ってきたというのに……。

それにしても……。グスタフはあらためて考えた。〈独立派〉の先頭に立っていたあの父が、いまさらながらにクリスチャン王に屈《くっ》したのは、なぜだったのだろう。〈同盟派〉の勢いを、どうにも抑《おさ》えきれなくなったからなのか？　クリスチャン王の言葉にまんまとだまされるとは、父上らしくもない。図らずも人質になってしまった母や妹たちは、父上のことをどんなに無念に思っていることか……。しかもマルガレータは、実の父親だけでなく、最愛の夫まで失ったのだから、いくら無邪気《むじゃき》な性分とはいえ、どれほど意気消沈《いきしょうちん》していることか……。

父上は、もういない。義弟のヨアキムも、もういない。頼《たよ》りにできそうな〈独立派〉の重鎮《じゅうちん》たちは、だれひとり残っていない……。

グスタフは鉄の棒でかまどの中の炭をつついて火の勢《いきお》いを弱めると、ふうっと大きくため息をついた。それから、台所の隅《すみ》に藁《わら》を広げて横になり、頭から羊皮をかぶった。

翌朝早く、グスタフがまだ藁《わら》に埋《う》もれて、うとうとまどろんでいると、毛皮の外套《がいとう》に身を包んだ船頭が、松明《たいまつ》の明かりを手に外から帰ってきた。

「今朝は、いちだんと気温がさがった。氷も昨晩より、ずいぶんと厚くなったから、旅のお方も川をわたっていけるぞ」

船頭の言葉にグスタフはてきぱきと身じたくをととのえ、短く礼を言うと、足早に小屋をあとにした。

4　裏切り

冬の朝は明けそうで、なかなか明けない。いや、完全に明るくなることなど、ないに等しい。木《こ》の間《ま》に見え隠《かく》れするルン湖の上には低く厚い雲がかぶさり、太陽はいっこうに顔を出しそうになかった。これでは今日も一日、どんよりとした寒々しい天気がつづくだろう。

グスタフはオルネース村をめざして、積もったばかりの真新しい雪を踏《ふ》みしめ、薄暗《うすぐら》い森の中を歩いていった。

やがて森を抜《ぬ》け、なだらかな坂道をあがってオルネース村へ入ると、街道沿いに立つ村いちばんの豪農《ごうのう》の屋敷《やしき》は、すぐ目についた。屋根裏部屋まである、総二階建のりっぱな木組みの家だ。

グスタフは屋敷《やしき》の玄関《げんかん》に立つと、意を決したように、分厚い白木の扉《とびら》をドンドンと叩《たた》いた。

屋敷《やしき》の主《あるじ》のアレントは、家族用の食堂で朝食を済ませたばかりだった。妻のバールブローが食堂と台所を行き来して、せっせとあと片づけをしている。

そのとき、玄関《げんかん》の扉《とびら》を激しく叩《たた》く音がした。

アレントは、こんな朝っぱらからだれだろう？　といぶかり、「おれが出る」と妻に声をかけて玄関《げんかん》へおもむいた。

かんぬきをはずし、扉《とびら》を開けたとたんに、「あっ！」と声が出た。

グスタフ……グスタフじゃないか！　クリスチャン王が賞金をかけたという、あのグスタフ・ヴァーサが、目の前に立っている！

「ああ、グスタフ！　久しいな」

「アレント！」

「さあ、入ってくれ」アレントはふいに現れた客を、うれしそうに屋敷《やしき》の中へ迎《むか》え入れると、旧友の肩《かた》を抱《だ》くようにして、さっそく広い客用の食堂へと案内した。そして、「腹が減ってるだろう？　まずは飯だ」と、すぐに妻に食事のしたくをさせ、朝だというのに自家製の度の強いビールや、ヘラジカの肉を焼いたあたたかい料理をふるまった。

がっしりとした木の椅子《いす》に腰《こし》をおろしたグスタフは、運ばれてきた料理を口に運びながら、デンマークでの人質生活や、そこからの逃亡劇《とうぼうげき》をおもしろおかしく、なつかしい友に話して聞かせた。

グスタフが真顔《まがお》になったのは、食事がおおかた済んで、クリスチャン王の即位式《そくいしき》後のできごとを話しだしたときだった。実の父や義弟をふくめ、百人ものスウェーデン人がストックホルムの〈大広場〉で首を切られたこと、妻子は皆《みな》、人質にされたことを、グスタフは声を抑《おさ》えて淡々《たんたん》と語った。

話を聞きおえたアレントは、テーブルを激しく叩《たた》いて憤慨《ふんがい》した。なんということだ、それが人間のすることか、まるで獣《けもの》のしわざじゃないか！　と大声でまくしたて、それから、この国はどうなってしまうのかと嘆《なげ》き、両手に顔を埋《うず》めた。肩《かた》がふるえている。

やはりアレントだ、この男は正真正銘《しょうしんしょうめい》の憂国《ゆうこく》の士だ、とグスタフは胸が熱くなるのを感じた。

そこで、「なあ、アレント」と前のめりになって、話の核心《かくしん》を切り出した。

「手を貸してくれ。デンマーク人の手からこの国を救うために、ともに立ちあがってくれ。頼《たの》む。この国の未来を思うスウェーデン人がまっとうな政治をすれば、必ず、この国はもっと豊かに、人々の暮らしはずっと楽になる。このままでは、デンマークの奴《やつ》らに搾取《さくしゅ》される一方だ」

「ああ、そのとおりだ。もちろん、手を貸すとも」アレントは即答《そくとう》した。「だが、おれはいいが、ほかの奴《やつ》らは聞いてみないとわからんな。さっそく、近隣《きんりん》の村にも声をかけてみよう。おれにまかせておけ。それより、グスタフ。おまえは少し休んだほうがいい。ここまでくる道のりは、さぞやたいへんだったろう。腹が落ち着いたら、静かな屋根裏部屋へ案内するよ」

「ありがとう、アレント。恩に着る」グスタフは残っていたビールを一気に飲みほすと、明るい笑みを浮《う》かべた。

しばらくしてグスタフが屋根裏部屋へ引きあげてしまうと、アレントは下男のひとりに、家から少し離《はな》れたところへ馬《ば》そりの用意をさせた。

そりを引く馬は、足の太いどっしりとした馬だ。足はそう早くないが、力はめっぽう強く、寒さにも負けない。

アレントはそりに乗りこむと、ちらつく雪の中、すぐにムチを鳴らして出発した。めざすは北西に五キロほど離《はな》れた隣村《となりむら》、アスペボーダに住むモンス・ニルソンの屋敷《やしき》。モンスは商才に長《た》けた働き者で、この地方一の金持ちとして知られている。

モンスの屋敷《やしき》の前でそりを止めたアレントは、毛皮の帽子《ぼうし》についた雪をろくろくはらいもせず、ずかずかと玄関《げんかん》の奥《おく》へ入っていった。そしてモンスの書斎《しょさい》のドアを開けるなり、大きな声でこう切り出した。

「モンス、聞いてくれ。デンマーク人たちが血眼《ちまなこ》になってさがしている、あのグスタフ・ヴァーサがおれのもとへやってきた。いま、うちの屋根裏部屋で休んでいる」

机の向こうの重厚な椅子《いす》にすわって帳簿《ちょうぼ》の整理をしていたモンスはおどろいて、目をまるくした。

アレントは話をつづけた。

「どうだ、いっしょにグスタフを捕《つか》まえようじゃないか。といっても、ひと筋縄《すじなわ》ではいかんぞ。あいつは口が達者《たっしゃ》だから、うちの下男たちがいつ、まるめこまれないともかぎらん。それに、ヴェステロース城の執政官長《しっせいかんちょう》のもとへ移送する途中《とちゅう》で、グスタフの味方が襲《おそ》ってくるかもしれんしな。うまくことを運ぶには、何人か男手がいる」

モンスはかねてよりデンマークとの戦争をきらい、かつて結ばれたカルマル同盟を尊重すべきと考えている〈同盟派〉の人物だった。

モンスの考えは、こうだ。

デンマーク、スウェーデン、ノルウェーは言葉だって似ているのだから、三兄弟のように、外交軍事の面でも、経済活動の面でも、協力してやっていくべきだ。北欧《ほくおう》の小国がばらばらでは、北ドイツのハンザ商人や西へ覇権《はけん》を広げようとしているロシアの勢力には歯が立たず、いずれ飲みこまれてしまう。だから無駄《むだ》な兄弟げんかなどもうやめて、スウェーデンはノルウェー同様、デンマーク国王のもとに治められるべきだ。もちろん、そのためにはスウェーデン人がデンマーク人と等しく公平に扱《あつか》われなければならないが――。

モンスはモンスなりに、この国の将来を案じているのである。

モンスは椅子《いす》からゆっくり立ちあがると、窓の外に目をやった。村の教会の鐘《かね》が正午を告げている。外の雪は、いっこうにやみそうにない。

モンスは室内に目を戻《もど》し、グスタフを捕《つか》まえようと上気《じょうき》しているアレントをじっと見つめた。そして静かに、だがきっぱりとした口調《くちょう》でこう言った。

「今回の件に、おれは手を貸すつもりはないね。おまえを頼《たよ》って、はるばる訪ねてきた古い友人を裏切るとは、感心しないぞ。なあ、アレント。黙《だま》ってグスタフを行かせてしまえ」

意外な返事に、アレントは気色《けしき》ばんだ。

「なに言ってるんだ？　大判銀貨十二枚がかかってるんだぞ。おまえと半分ずつ分けようと思って、わざわざ誘《さそ》いにきたのに。いいか、ひとりにつき、銀貨六枚だぞ。いくら金もうけのうまいおまえだって、さすがに一日で、銀貨六枚はかせげんだろ？　うちなんかじゃ、数か月はかかる。なあ、つべこべ言わずに、おれに手を貸してくれ」

アレントはしつこく食いさがったが、モンスは首を横に振《ふ》るばかりだった。

アレントはモンスの屋敷《やしき》を出ると、ふたたびそりに乗りこみ、バシッと馬にムチを入れた。モンスの奴《やつ》め、きれいごとをぬかしやがって。こうなっては仕方がない。少し遠いが、セーテル村の義弟のところへ行こう。義弟のベングト・ブルンソンなら、まちがいなく、おれを助けてくれる。

だがセーテル村へ行くには、屋敷《やしき》のあるオルネース村を通らなければならない。

昼過ぎ、台所の窓からバールブローが外を見ていると、馬《ば》そりに乗った夫が隣村《となりむら》のほうから戻《もど》ってきた。てっきり昼食を食べに帰ってきたのだろうとバールブローは思ったが、夫はそのまま家の前を素通りし、南へ向かう街道をものすごい勢《いきお》いで駆《か》け抜《ぬ》けていってしまった。家のほうに目を向けもしなかった。

どういうこと？　バールブローは不審《ふしん》に思った。

どこへ行く気だろう？　南へ向かったということは、セーテル村へ行くつもりだろうか？　セーテル村には妹夫婦が住んでいる。まさか、ベングトのところへ？　義弟にあたるベングトは、この地域をまかされているデンマークの執政官《しっせいかん》だ。まさか……いくらなんでも、そんな……。

バールブローの胸の中で、夫に対する不信感が急激にふくらんでいった。


その日の午後、セーテル村――。

義兄からグスタフの件を聞いたベングトは、目を細めてほくそ笑んだ。ベングトはスウェーデン人でありながら、デンマーク配下の執政官《しっせいかん》を務めている。カルマル同盟重視の〈同盟派〉といえば聞こえはいいが、実のところは自分の身の安全を第一に考えている、小心者と呼べる部類の男だった。

ベングトは、胸の中で素早く計算した。

クリスチャン王は、さぞかし、およろこびになるにちがいない。グスタフを捕《つか》まえ、ヴェステロース城の執政官長《しっせいかんちょう》のもとへ連行すれば、賞金が手に入るだけでなく、執政官《しっせいかん》としての自分の名もあがる。

「もちろん、手を貸すよ。そうだな、二十人は連れていけるさ」ベングトは自信満々にうけあった。

「人数は多いほうがいいからな」とアレント。

「ならば、義兄《にい》さん。前祝いに、ちょいと一杯《いっぱい》やろうぜ。急《せ》いては事を仕損じる。今夜のうちに手はずをととのえ、明日の朝早く、獲物《えもの》を捕《と》りにいくとしようや」

義弟の提案に、アレントは満足そうにうなずいた。


バールブローの胸《むな》さわぎは、時間がたってもいっこうにおさまらなかった。それどころか、考えれば考えるほど、夫を疑う気持ちはますます強まる一方だった。

どうして、あの人は家の前を素通りして、あわててセーテル村のほうへ行ったのか？　セーテル村には、デンマークの執政官《しっせいかん》を務める義弟ベングトがいる。しかも、夫は夜になっても帰ってこない。まさかベングトと謀《はか》って、夜のうちに手勢を集め、朝になったらグスタフさまを捕《つか》まえにくるつもりなのか……？

バールブローは、気丈《きじょう》で聡明《そうめい》な女だった。冷静に考えをめぐらす。

夫という人は、大らかそうに見えて、実はお金にとても細かい。そのおかげでこの家も、わたしの父亡きあと、なんとか切り盛りしてこられたのだけれど……。お金に執着《しゅうちゃく》のある夫の性格からすれば、賞金が手に入るとなれば、古い友人だって平気で裏切るかもしれない……。

ついに、疑念は確信へと変わった。

ああ、まちがいない。夫は、グスタフさまを、デンマーク側に売る気なんだ！

なんていうこと！

バールブローは台所の椅子《いす》からすっくと立ちあがると、窓の外の暗闇《くらやみ》をにらみつけた。膝《ひざ》にかけていた毛布をぎゅっと握《にぎ》りしめ、思案をつづける。

いま、この家の屋根裏にいるあの方は、若ステューレさま亡きあとの、この国に残されたただひとつの希望かもしれないのに……。この国の命運を託《たく》すべきその人を、みすみす敵の手にわたすなど、もってのほか。夫の愚行《ぐこう》を、なんとしても止めなければ。いま、わたしにできることは……？

バールブローは食料棚《だな》の扉《とびら》を開け、中にあった黒パンと干し肉を布巾《ふきん》に手早く包むと、毛布といっしょにそれを持って中庭へ出ていった。

向かいにある下男部屋のヤコブを、そっと呼び出す。ヤコブは父の代から仕える年寄りだが、口がかたく、下男の中でいちばん信頼《しんらい》できる男だ。

「ヤコブ、お願い。家の者が全員、寝静《ねしず》まったら、馬小屋へ行って、馬を一頭、引き出してほしいの。そして、小さなそりをつないで、そりにこの毛布と包みをのせて、屋根裏部屋の窓の下で静かに待っていてちょうだい。お若い方がおりてこられたら、その方の望まれるところまで、一気にそりを走らせてあげて」

女主人の命令に、ヤコブはこっくりとうなずいた。

しばらくして家の者が寝静《ねしず》まると、バールブローは忍《しの》び足で屋根裏部屋へあがっていき、ぐっすりと眠《ねむ》っているグスタフを揺《ゆ》り起こした。

「……グスタフさま、お逃《に》げください。どうやら、夫はデンマーク側に寝返《ねがえ》ったようです。執政《しっせい》官《かん》の義弟を連れて、いつ何時《なんどき》、あなたを捕《つか》まえに戻《もど》ってくるか知れません。窓の下に、下男のヤコブに馬《ば》そりを用意させました。いますぐ、それに乗って、逃《に》げてください」

「そ、それは、ありがたい、が……。」グスタフは目覚めたばかりの頭で考えた。「逃《に》げるといっても、どこへ行けばいいのか……。あたり一面、敵だらけだからな」

「スベルドシュー村のヨン神父は、ご存じで？」

「ああ、彼《かれ》もウプサラ時代の学友だ。誠実な男だったが、この状況下《じょうきょうか》、どっちの味方か、わからない……」

「だいじょうぶです。あの方なら信用できます。北に向かって湖をわたり、岸に着いたら地元の者しか知らない森の中の間道《かんどう》を通ってスベルドシュー村へ行き、ヨン神父を頼《たよ》るのがいちばんいいかと……」バールブローはそう言うと、さらに声をひそめて、こうつけ加えた。「階段をおりて玄関《げんかん》から出ていかれると、家の者が目を覚ましてしまいます。馬《ば》そりが走り去るところを見られては、まずい。もしも夫が帰ってきて、家の者に、そりがどっちの方角へ行ったかと問いただしたら、口を割る者も出るでしょう。そうなったら、すぐに追いつかれてしまいます。グスタフさま、どうか窓からおりてください」

　グスタフは身じたくをととのえながら、窓の外をのぞいた。

「飛びおりるには高すぎる」

「なにも飛びおりろとは言いません。ベッドの敷布《しきふ》を裂《さ》いて使いましょう。柱に端《はし》をしばりつけますから、これをつたっておりてください」

「なんと機転の利《き》く……ありがとう、バールブロー。親切は、けっして忘れない。さらばだ」グスタフはそう言い残すと、柱にしばりつけられたのとは反対側の布の端《はし》を握《にぎ》り、窓の外へ身を乗り出した。

布をつたって飛びおりたところに、馬《ば》そりが待っていた。年老いた下男が手綱《たづな》を握《にぎ》っている。グスタフは影《かげ》のように素早く、ヤコブのうしろにもぐりこんだ。

下り坂の先に、ルン湖の湖面が広がっている。凍《こお》った湖面は、星の光を受けて黒く怪《あや》しく輝《かがや》いている。

「北へ、湖をわたってくれ」グスタフはヤコブに命じた。「急いでくれ。向こう岸に着くまで、馬の足をゆるめるな」

馬《ば》そりは、なめらかに滑《すべ》りだした。

屋根裏部屋では、バールブローが白い布を引きあげ、静かに窓を閉めた。


まだ夜が明けきらないうちに、アレントがベングトとその手下を二十人ほど連れて、オルネース村の屋敷《やしき》へ戻《もど》ってきた。

手下はそれぞれ足の早そうな馬に乗り、雪の積もった庭先で待っている。

「グスタフの長旅も、これでおしまいだ」アレントが、にやにやしながらささやいた。

「ああ。つぎにぐっすり眠《ねむ》れるのは、ヴェステロース城のおりの中さ」ベングトもうなずき、顔をほころばせた。

ふたりは、どかどかと屋根裏へつづく階段をあがっていき、勢いよく扉《とびら》を開けた。

屋根裏部屋は暗い。

ベングトは、ざらついた声でどなった。

「お休みのところを邪魔《じゃま》するぞ。グスタフ・エリックソン・ヴァーサ！」

返事はなかった。

「おい、グスタフ！　起きろ！」アレントが大声で言った。

物音ひとつしない。

急いで寝床《ねどこ》をまさぐってようやく、アレントとベングトは気がついた。

「くそっ、どこへ行きやがった！」アレントはさけぶと、あわてて階段を駆《か》けおり、中庭の向かいにある下男部屋へ飛びこんだ。客の行方を下男ひとりひとりに問いただしてみるが、その姿を見た者はだれもいない。

「ん？　ヤコブは、どこだ？」アレントは声を荒《あら》らげた。

ヤコブについても、だれも知らなかった。

「そ、そういえば……。奥《おく》さまが……昨夜遅《おそ》く、ヤコブとなにか話してたかと……」下男のひとりが、ぼそっとこたえた。

アレントは母屋《おもや》へ戻《もど》ると、妻をさがした。

妻は客用の食堂の椅子《いす》に、姿勢を正してすわっていた。

「おまえだな。おまえが逃《に》がしたんだな？　亭主《ていしゅ》を裏切るとは、どういうつもりだ！」アレントは怒《いか》りにまかせて、わめきちらした。

だがバールブローは少しも動《どう》ぜず、噛《か》みしめるような口調《くちょう》でこう言った。

「悪業に手を染めようとしている夫を、妻として止めたまでのこと」

「なんだと？」

「敵に国を売る者は、敵将から見れば、もっとも軽蔑《けいべつ》すべき信用のおけぬ者。利用するだけ利用して、用が済んだあかつきには、まっ先に始末するでしょう」

アレントは怒髪天《どはってん》を衝《つ》き、こぶしを振《ふ》りあげたが、バールブローは、きっとした目つきで夫の目をまっすぐに見返した。

そのおそろしいまでの迫力《はくりょく》に、アレントはゆっくりと手をおろした。そして無言のまま踵《きびす》を返すと、ふたたび中庭へ出ていった。

5　神父の部屋

満天の星のもと、馬《ば》そりは氷の上を滑《すべ》っていく。ヤコブは休みなくムチを入れ、そりの速度は増した。ひづめの音がシャッシャッと鋭《するど》く響《ひび》き、細かい雪と氷がつぎつぎと舞《ま》いあがる。

湖面の向こうにたたずんでいるのは、黒々とした影絵《かげえ》のような森。それを背景にして、対岸に人家の明かりが見えてきたのは、真冬の長い夜がまだ明けきらない時分だった。

それは、小さな鍛冶屋《かじや》の明かりだった。

グスタフは湖をわたりきったところで馬を止めさせ、そりを降りた。

「ありがとう、ヤコブ。気をつけて帰るんだぞ」グスタフが労をねぎらうと、年老いた朴訥《ぼくとつ》な下男は黙《だま》って頭をさげ、ゆっくりと馬を返して、ふたたび湖の上へ出ていった。

グスタフには、ヤコブの身が案じられてならなかった。

あの家へ戻《もど》って、はたして無事でいられるだろうか。そもそも、バールブローの立場はどうなる？　いいや、しっかり者の彼女《かのじょ》のことだ。きっとヤコブをかばい、うまく立ちまわってくれるだろう。とにかくいまは、ふたりの好意を無にせぬよう、わたしは先を急ぐことだ。

そう思い直して、グスタフはスベルドシュー村への道案内を頼《たの》もうと、明かりのともる鍛冶屋《かじや》の中をのぞきこんだ。さすがにこの季節、地元の者しか知らない森の中の間道《かんどう》をひとりで行くのには、慎重《しんちょう》にならざるをえなかった。方角がわからなくなれば、時間が無駄《むだ》に過ぎるだけでなく、命にさえかかわる。

鍛冶屋《かじや》の中では、男たちが煤《すす》だらけになって鉄を叩《たた》いている。炉《ろ》の奥《おく》では、炎《ほのお》がまっ赤に燃えていた。

グスタフは、扉《とびら》のそばで帰りじたくをしているふたりの男に声をかけた。

年配の男のほうは、「ふん、道案内だと？　徹夜明《てつやあ》けで、これから帰って寝《ね》るんだ」とそっけなかったが、もうひとりの若いほうは、「うちへ帰りがてら、途中《とちゅう》までなら、つきあってもいいぜ」と引き受けてくれた。

グスタフと若い男は鍛冶屋《かじや》を出ると、雪の積もった道を歩きだした。森へつづく道だ。急に冷たい空気に触《ふ》れたせいか、男の肩《かた》のあたりから白い湯気が立ちのぼっている。

森へ入って少し歩くと、左手に粗末《そまつ》な小屋が見えてきた。そこが男の家らしい。中から赤ん坊《ぼう》の泣き声がする。

男はいったん小屋の中へ入ったが、すぐに出てくると言った。

「森の中で迷子になられても困る。しばらく行くと道が分かれるから、そこまで案内しよう」

たしかに、雪に埋《う》もれた道はわかりにくい。途中《とちゅう》までででも案内してもらえるのは、グスタフにとって大助かりだ。

グスタフは「ありがたい」と声に出して感謝の気持ちを表したが、道案内の男はもくもくと雪の森を歩いていった。

グスタフも遅《おく》れてはならじと無言になって、雪をかぶったトウヒの枝をかいくぐりながら、男のあとにしたがった。

風の音すら聞こえないような、深い森の中である。低い太陽の光は、針葉樹の葉の隙間《すきま》から静かにしみ入ってくる。そのかすかな光を地面の雪が反射し、暗い森を足元からほのかに照らし出している。ときには、まるで宝石が埋《う》もれているかのように、雪はきらりと輝《かがや》いた。

やがて道が分かれるところまでくると、男は左を指さした。

「あとは、ここをまっすぐだ」

「助かった、恩に着る。お礼に、これを」グスタフは首にさげていた巾着袋《きんちゃくぶくろ》から、小銭《こぜに》の銀貨を一枚、取り出した。

「いらないよ。旅をつづけるなら、あんたこそ、銭が必要だろう」

「そう言わずに、取っておいてくれ」グスタフが銀貨を差し出すと、男はようやく片方の手を開いた。

「では遠慮《えんりょ》なく。おれの名は、インゲムンド。あんたの名は、だいたい想像がつく。あんたと我が祖国に神のご加護を」男はそう言い残して、雪深い道を引き返していった。

グスタフは男に教わったとおり、雪をかき分けて左の道を進んだ。ただでさえ薄暗《うすぐら》い森の中は、日がかげれば、あっというまに暗くなる。

夜中にバールブローに起こされ、あわててそりに飛び乗り、無我夢中でここまできた。旧友の裏切りがこたえたのか、さすがのグスタフも心身ともに疲《つか》れを感じずにはいられなかった。

それでも、重い足取りで雪を踏《ふ》み分けながら数時間ほど辛抱強《しんぼうづよ》く歩きつづけ、日がかたむきはじめたころ、運よく木立の奥《おく》に無人の炭焼き小屋を見つけた。

インゲムンドと名乗ったあの男が祈《いの》ってくれたように、これも神のご加護だろうか。グスタフはふっと笑いを漏《も》らすと、雪に埋《う》もれそうな小屋の中にもぐりこみ、木の枝で火をおこした。冷えきった体をあたためながら、バールブローが持たせてくれた黒パンと干し肉をかじり、それから毛布にくるまって、その日は早く眠《ねむ》りについた。

夢を見た。

「今日の授業は、一四七一年の〈ブルンケベリの戦い〉についてだ」

ウプサラのヘンリック先生の部屋で、歴史の授業を受けている。先生をかこんでいるのはグスタフのほかに、アンデッシュ、アレントといった、いつもにぎやかな学友たち。神父の息子で物静かなヨンもいる。

「エンゲルブレクトの暗殺から三十五年……」

先生の話は淡々《たんたん》とつづく。

「この間《かん》、スウェーデン国内での〈同盟派〉と〈独立派〉の綱引《つなひ》きはつづき、スウェーデンを支配するデンマーク王の力も強まったり弱まったりをくり返してきたわけだが、なかでも、一四五七年にスウェーデン王位に就いたデンマーク王クリスチャン一世は強硬《きょうこう》だった。一四六四年にスウェーデン王位を追われたにもかかわらず、その七年後の一四七一年、なんと七十の戦艦《せんかん》と六千近い兵を率いて、自らストックホルムへ乗りこんできたのだよ。

これを迎《むか》え撃《う》ったのが、まちがいなく後世《こうせい》に名を残すであろう、老ステューレと呼ばれる総統ステン・ステューレだ。

一四七一年五月、ヴェストマンランド地方のアルボーガで開かれた議会でスウェーデン総統に選ばれた老ステューレは、悲願であるカルマル同盟からの離脱《りだつ》に向けて、積極的に動きはじめた。

彼《かれ》を支持したのは、ストックホルム近郊《きんこう》やベルイスラーゲン鉱山地帯の農民や鉱夫たちだった。とくにダーラナ地方をふくむ鉱山地帯では、北ドイツのハンザ商人との貿易がデンマークのせいでとどこおり、経済的にも不満が高まっていた。デンマークによる圧政に対して、国内のあちこちで小競《こぜ》り合いも起きていた。

そんな状況下《じょうきょうか》で、民衆から信望の厚い老ステューレがスウェーデン総統に選ばれたのだから、デンマーク王としては、うかうかしてはいられないというところだったろう。危機感をつのらせたクリスチャン一世は、その年の夏、自ら艦隊《かんたい》を率いてストックホルムに乗りこんできたというわけだ。

デンマーク艦隊《かんたい》は王宮近くの入江《いりえ》にとどまり、数か月のあいだは嵐《あらし》の前の静けさがつづいた。だが、ついに十月十日、ノルマルム地区のブルンケベリと呼ばれる小高い丘《おか》で、決戦の火蓋《ひぶた》が切って落とされた。老ステューレはこの日までに態勢をととのえ、十月はじめに、目立たぬよう北側から密《ひそ》かにストックホルムへ一万もの兵を集めていたのだ。

そして、かねてからの作戦どおり、兵を二手に分けると、自らは千三百の騎士《きし》部隊を率いて、クングスホルメン島を経由し、ブルンケベリ丘《おか》の西側へ進んだ。一方、残り八千七百の農民部隊は、信頼《しんらい》厚いニルス・ボッソンに指揮させて丘《おか》の東側へまわらせた。むろん、上陸したクリスチャン一世軍を、東と西からはさみ撃《う》ちにするのが狙《ねら》いだ。

戦いがはじまると、あっというまにブルンケベリ丘《おか》のあちこちに火の手があがり、激しい銃《じゅう》撃戦《げきせん》がくり広げられた。

そんななか、指揮を執《と》っていた敵将クリスチャン一世が口にマスケット銃《じゅう》の弾《たま》を受け、歯を何本も失う怪我《けが》を負う。

にわかに形勢不利となり、士気も低下したデンマーク軍は撤退《てったい》を余儀《よぎ》なくされ、急ぎ艦隊《かんたい》へと引きあげる。が、間に合わせにつくってあった桟橋《さんばし》の綱《つな》をスウェーデン兵に切断され、船に乗りこむ直前に、デンマーク兵の多くは海に落ちて溺《おぼ》れ死んでしまったのだ。

こうして、〈ブルンケベリの戦い〉は、スウェーデン側の大勝利となった。

しかも、それだけではおわらなかった。クリスチャン一世率いるデンマーク艦隊《かんたい》は帰還《きかん》の途中《とちゅう》、秋の嵐《あらし》に巻きこまれ、多くの船がマストを失ってポーランド沖《おき》まで流されるなど、さらに辛酸《しんさん》を舐《な》める結果となった。これに懲《こ》りたのか、クリスチャン一世はその後、そう簡単には我がスウェーデンに手を出そうとしなくなった。

おかげで、〈ブルンケベリの戦い〉以降、しばらくのあいだ、スウェーデンにとっては、いい時代がつづいた。デンマークの圧政は弱まり、諸国との交易が盛んになり、人々の暮らしは格段によくなった。

文化面でも花が開き、大司教ヤコブ・ウルブソンさまの尽力《じんりょく》のもと、一四七七年には、ここウプサラに北欧初《ほくおうはつ》の大学が創設されたことは、きみたちもよく知っているね。

また、ストックホルムやウプサラでは、スウェーデン語の書物が印刷されるようになった。語彙《ごい》はまだまだ乏《とぼ》しくて、ラテン語やデンマーク語、ドイツ語からの借用語も多かったが、それでも自国の言葉の発展は、スウェーデンという国の意識を高めるのにおおいに役立ったのだよ。

そして、〈ブルンケベリの戦い〉における勝利は、ひとつの伝説を生んだ。戦いの前に老ステューレが聖ヨーランに祈《いの》りを捧《ささ》げていたことから、スウェーデン軍が勝ったのは、聖ヨーランのご加護のおかげだという考えが広まったのだ。

スウェーデンで聖ヨーランと呼ばれるこのキリスト教の聖人は、国によって、聖ゲオルギウス、聖ジョルジオ、聖ジョージなどと称《しょう》され、竜《りゅう》退治の話で知られているね。

老ステューレは聖ヨーランをあがめるため、ドイツ人の彫刻家《ちょうこくか》ベルント・ノトケに〈聖ヨーランと竜《りゅう》〉の彫像《ちょうぞう》をつくらせ、ストックホルム大聖堂に設置した。きみたちの中にも、その彫《ちょう》像《ぞう》を見たことがある者がいるだろう。

彫像《ちょうぞう》にかたどられた、おそろしい竜《りゅう》はデンマーク、かたわらでひざまずき、祈《いの》りを捧《ささ》げている姫《ひめ》はスウェーデン、そして甲冑姿《かっちゅうすがた》で馬に乗り、剣《けん》をかざして竜《りゅう》を退治しようとしている聖ヨーランが老ステューレその人というわけだ。

人々は聖ヨーランに老ステューレの姿を重ね、その結果、老ステューレ本人のみならず、この国におけるステューレ家の権威《けんい》はますます高まっていった。

ところで、グスタフ。老ステューレ殿《どの》は、きみの大伯父《おおおじ》さまにあたられるのだったね」

急に話を向けられたグスタフは、「はい、そうです」と照れたようにこたえたが、学友たちに尊敬のまなざしで見つめられ、とても誇《ほこ》らしかった。

「さてと、老ステューレと〈ブルンケベリの戦い〉の話はこれくらいにして……」ヘンリック先生はそこで話題を変えた。「きみたち、聖ヨーランの竜《りゅう》退治については、ちゃんと知ってるのかね？　その昔、トルコのカッパドキアというところに、人々に悪さをする竜《りゅう》がいて……生贄《いけにえ》にされそうになっているお姫《ひめ》さまを助けようと、ヨーランは……」

竜《りゅう》退治の話を、グスタフたちは目を輝《かがや》かせて聞いている。さっきまでの〈ブルンケベリの戦い〉の合戦《かっせん》のようすも手に汗握《あせにぎ》るほどおもしろかったが、竜《りゅう》退治の話はもっとおもしろい。

とっくに昼の休憩《きゅうけい》時間に入っていたが、だれも文句をつける生徒はいなかった。それどころか授業がおわっても、学友たちは興奮冷めやらぬようすだった。

アンデッシュは竜《りゅう》になったつもりか両手を広げ、舌をちょろちょろ出したりひっこめたりしてみせる。隣《となり》にすわっていたアレントが急に立ちあがったかと思うと両腕《りょううで》を振《ふ》りあげ、竜《りゅう》の首を剣《けん》でばっさり切り落とすまねをした——。


そのとき、ドサッと大きな物音がして、グスタフははっと目が覚めた。

どうやら外で、トウヒの枝に積もった雪が地面に落ちたようだ。いつのまにか、森の中も少し明るくなっている。

けっこう長いこと、眠《ねむ》っていたのか……。夢から覚めたグスタフは、思わず苦笑いを浮《う》かべた。

アンデッシュがエンゲルブレクトに憧《あこが》れていたように、アレントは老ステューレをいたく尊敬していたことを思い出したのだ。

なのに、大人になったあのふたりときたら、いったいなんなんだ？　いまの暮らしを守るためか金のためかは知らないが、本当に情けない！　なにが現実を見ろ、だ！　現実を見ようとしないのは、あのふたりのほうではないか……。だが、そういう自分は、森の中で眠《ねむ》りこけて、いったいなにをしている……？

グスタフは大きくため息をついた。

エンゲルブレクトも、大伯父《おおおじ》の老ステューレも、若ステューレ総統も、これまで多くの先人たちがスウェーデン独立のために命を賭《と》して戦ってきた。先人たちの努力を、ここで自分が無駄《むだ》にするなど、けっして許されない。

いいか、グスタフ、なにがあってもくじけるな！　途中《とちゅう》でくじけては、この国の独立など、いつまでたっても成《な》しとげられないのだ。頼《たよ》りにしていた父上も、義弟のヨアキムも、ほかの〈独立派〉の重鎮《じゅうちん》たちも、もうだれもこの世にはいないのだから……。頼《たよ》りになるのは、自分だけ。いまや、このわたしが先頭に立つしか道はない！　さあ行け、行くのだ、グスタフ！

グスタフは決意も新たに炭焼き小屋から踏《ふ》み出すと、明るくなりかけた森の中を、ふたたびしっかりとした足取りで歩きはじめた。


オルネース村から北東へおよそ四十キロ。その日の午後、雪深い山道をくだっていった先に、ようやく目的のスベルドシュー村が見えてきた。

ひときわ、白壁《しらかべ》の教会が目につく。教会と同じ敷地《しきち》の中に、丸太を組んで建てられているのが神父の館のようだ。

それはわかったが、グスタフはまっすぐめざす館へは向かわなかった。旧友たちの裏切りに遭《あ》ってからは、旧知の仲の者にこそ、いっそう慎重《しんちょう》であるべきだと学んだのだ。

ヨン神父なら信頼《しんらい》できる、とバールブローは自信たっぷりに言っていたが、デンマーク王の口約束に多くの者がだまされ、自分の首に賞金がかけられているいま、旧友とはいえ、ただちに心を許してはいけない、とグスタフはあらためて自分に言い聞かせた。

そこで、まずは納屋へ行ってみることにした。神父の館と中庭をはさんだところに大きな納屋があり、中から麦を叩《たた》くバタバタとやかましい音が響《ひび》いていたのだ。

グスタフは、半開きの扉越《とびらご》しに中をのぞいた。

麦を叩《たた》いている男が数人、そのうちの下男頭らしき男に、グスタフは声をかけた。

「この館に放浪《ほうろう》の貧しい男がする仕事はないですかね？　金《かね》はいらない。食事と寝《ね》る場所だけもらえれば、それでいいんだが」

「それなら、いますぐ脱穀《だっこく》の仕事を手伝ってくれ」男はこたえた。

グスタフは脱穀《だっこく》用の棒を手わたされると、さっそく仕事に取りかかった。手慣れているとはいえないまでも、もう、やり方だけは心得ていた。


夕食の時間になると、グスタフはほかの下男や女中たちとともに、使用人が使う台所で大きな木のテーブルをかこんだ。そして、質素とはいえ湯気の立ったあたたかい食事にほっとひと息つきながら、世間話の体《てい》で、この国の状況《じょうきょう》やクリスチャン王について、さりげなく口にした。

作戦は功を奏した。しだいに、ほかの者たちも話に乗ってきて、デンマークのやり口はひどい、スウェーデン人はいつからこんな臆病者《おくびょうもの》になったのか、ここの若い神父さまも同じことを心配している、と盛りあがった。

グスタフは、そうだそうだというように、何度も大きく相槌《あいづち》を打った。皆《みな》の反応に、ようやく確信が持てた。

食事のあと、グスタフは館の勝手口へ行き、神父の身のまわりの世話をする女中に、「新入りなので、神父さまにごあいさつ申しあげたい」と告げた。

しばらくして、神父の部屋に通された。書棚《しょだな》には本がずらりとならんでいるが、あとは書きもの机と寝台《しんだい》があるだけのこざっぱりとした部屋だ。壁《かべ》にかけられたウプサラ大聖堂の白黒の素《そ》描《びょう》だけが、唯一《ゆいいつ》の装飾品《そうしょくひん》といえる。

その絵を見ただけで、グスタフの胸にウプサラでのなつかしい日々が一瞬《いっしゅん》にしてよみがえった。鐘楼《しょうろう》の鐘《かね》が鳴り、授業に遅《おく》れそうになると、ヘンリック先生の部屋まで、あの大聖堂横の坂を皆《みな》で駆《か》けあがっていったじゃないか……。

書きもの机の向こうにすわっていたヨン神父は、部屋に入ってくるなり壁《かべ》の絵に見入っている男がだれか、すぐにはわからないようすだった。夜《よ》な夜《よ》な薄暗《うすぐら》い光で書物を読むせいで、視力の低下が著しいのだ。

「きみは、新しい働き手のようだが……?」ヨン神父は目を細めて尋《たず》ねた。

「そうです。でも、神父さまには前に会ったことがありますよ」グスタフはこたえた。

神父はさらに目を細めてこちらを見つめたが、それでもまだ思い出せないようすに、グスタフは近づいて、こう語りかけた。

「グスタフ・エリックソン・ヴァーサのことを覚えていないのかい？　ともにウプサラのヘンリック先生のもとで学んだ仲じゃないか！」

とたんに神父ははっとして立ちあがると、机越《ご》しに両腕《りょううで》をのばし、グスタフの手を力強く握《にぎ》った。

「ああ、グスタフ！」

「ヨン、なつかしいぞ！」

ふたりの旧友は肩《かた》を叩《たた》きあい、再会のよろこびにわいた。

あいさつが済むと、さっそくグスタフはこれまでのいきさつを、手短にヨンに話して聞かせた。ヨンは旧友の苦労をねぎらい、自分が責任を持って、きみをかくまうとうけあった。そして、下男部屋になど住むことはない、この部屋で寝起《ねお》きすればいいと言って、こうつけ加えた。

「でも、注意を怠《おこた》ってはいけないぞ。ルン湖の南の執政官《しっせいかん》が、どうやらきみをさがして、村という村を手あたりしだいに嗅《か》ぎまわっているようだ。だから……そうだな、館の者には、新しく雇《やと》い入れた下男は読み書きができるから、秘書役として、ぼくの仕事を手伝わせる、と話そう。そうすれば、きみが農作業をせずに、この部屋にいても、怪《あや》しまれずに済むだろう」

「ありがとう、ヨン」グスタフはあらためて、若い神父の手をぎゅっと握《にぎ》りしめた。

翌日は、何事もなく過ぎた。

グスタフはヨンの仕事を手伝いながら、神父の部屋に引きこもっていた。ヨンの勉強家ぶりは、ウプサラにいたころと少しも変わらない。いまは、ラテン語で書かれた古い聖書を、わかりやすいスウェーデン語に翻訳《ほんやく》しているのだ。

「我々スウェーデン人は、もっとスウェーデン語という母国語を大切にしないといけないと思うんだ」とヨンは言う。「もちろん、ラテン語の素養は学問をするのに必要だ。ドイツ語だって商取引には欠かせないし、デンマーク語も、敵をよく知るためにも学ばなくてはいけない。でも、我々が日常使っているのはスウェーデン語だ。スウェーデン語は、スウェーデン人全員の共通の財産だ。だから書き言葉としても、きちんと整理して、皆《みな》が使えるようにしないといけないと思う。たとえば、聖書がスウェーデン語で読めるようになれば、キリスト教の普及《ふきゅう》にも役立つし、なによりも母国語で読み書きすることへの関心が高まるだろう」

「ヨン、きみらしいな。昔とちっとも変わらない。ウプサラで、こつこつと勉学に励《はげ》んでいたあのころと……」グスタフはお世辞抜《せじぬ》きで、心の底からヨンをほめた。

「ありがとう、グスタフ。きみはラテン語が得意だったから、手伝ってもらえて本当に助かる。おかげでずいぶんと、はかどったよ」ヨンは、はにかむように笑った。神父という職にありながら、どこか少年らしさを残した笑い方だった。

学友たちの中で、アンデッシュやアレントが陽気な武闘派《ぶとうは》だったのに対し、ヨンは体も小さくひかえめな性格で、授業の合間にも悪ふざけをするような生徒ではなかった。

そんなヨンのことを、同じダーラナ地方の出身でありながら、アンデッシュとアレントは煙《けむ》たがっているようなところもあったが、文武両道に秀《ひい》でたグスタフは、ヨンともとても気が合った。いっしょにラテン語の文法のおさらいをしたり、作文を批評しあったり、アンデッシュたちがヨンをからかっているときにグスタフがあいだに入って、その場をとりなしたことも幾度《いくど》となくあった。

グスタフは神父の部屋で淡々《たんたん》とつづく翻訳《ほんやく》作業の合間に、あたたかい暖炉《だんろ》の前に椅子《いす》を置き、炎《ほのお》を見つめながら、レーヴスネースの館からここまでの長い旅、いや、デンマークのカルー城から北ドイツのリューベックを経由しての、ここにいたるまでの長い道のりを振《ふ》り返った。命がけの脱出劇《だっしゅつげき》、ハンザ商人たちとの腹のさぐり合い、親しい人たちの死と別れ、旧友たちの裏切り――思い出すと、どうしても気が滅入《めい》りそうになる。

グスタフの気持ちを察してか、ヨンはよけいなことは言わず、ただ時間が流れるにまかせた。ヨンの思いやりに、グスタフの傷ついた心も少しずつ癒《いや》されていった。

夜になって、食後の薬草茶をすすめながら、ヨンがふとグスタフに問いかけた。

「これから、どうするつもりだい？」

グスタフは、はっとして顔をあげた。

「あっ、勘違《かんちが》いしないでくれ。べつに追い出すつもりじゃないから」ヨンはあわてて言った。

「わかってるさ」グスタフは笑ってこたえた。「わたしも、ずっとそのことを考えていたんだ。なんとか行動を起こさねばと……。ダーラナ地方で大きな町となれば、やはりファールンかな」

「そうだな」

「よし、デンマーク側の探索《たんさく》の手がゆるみしだい、わたしはファールンへ行く。ファールンまでなら、ここから一日もあれば行けるだろう。あの町で、ともに立ちあがってくれる男たちを集め……」

「ファールンは、やめたほうがいい」

「なぜだ？　あそこには銅山がある。働いている者の数も多いだろう？」

「ファールンの執政官《しっせいかん》は、生《き》まじめな男だ。アレントの義弟のベングト・ブルンソンとはちがった意味で、根っからのデンマーク派だ。取り巻きには、デンマーク人の商人たちもいる。グスタフ・ヴァーサが現れたとなれば、立場上、なにもしないわけにはいかないだろう。きみの身が心配だ。そうだな、比較的《ひかくてき》、安全に人を集めるなら、やはりシリアン湖北岸の町モーラか……。あるいは、湖の東岸の村、レットヴィークかな……」

「村は人数が……」

「ミサの日なら、教会に人が集まる」

「なるほど」

「いずれにしても、危険はともなうぞ」

「覚悟《かくご》の上だ」

「人質になっている貴族の妻子はどうする？　きみの母上や妹たちも囚《とら》われているんだろう？　蜂起《ほうき》すれば、人質の命は……」

「……戦いに犠牲《ぎせい》はつきものだ」グスタフは、きっぱりとこたえた。

「……なあ、グスタフ」

「なんだい？」

「いまさら尋《たず》ねるのもなんだが、きみをそこまで駆《か》りたてるものとは、いったいなんなんだい？　ストックホルムの〈大広場〉で殺された者たちの中には、ぼくの知り合いの聖職者もいたと聞いた。悔《くや》しい気持ちはわかる。だが、お父上たちの件はもちろんあるだろうが、きみが私怨《しえん》だけで動くとは思えない」

「私怨《しえん》か……そう思いたい奴《やつ》には思わせておけばいい」

「話したくないことなのか？　それなら無理に……」

「いいや、話しても信じてもらえないかと。あのウルブソンさまにさえ、取りあってもらえなかった」

　グスタフがふと寂《さび》しそうな表情を浮《う》かべると、ヨンは薬草茶の入った器《うつわ》を机に置き、グスタフをじっと見つめた。

「ぼくには話してくれ」

ヨンの言葉にグスタフは大きくうなずくと、少し間《ま》をおいてから、しみじみとこうこたえた。

「ひと言で言うなら、『絶望』だ。わたしは、デンマークに絶望したんだ」

「絶望？」

「見かぎったと言えばいいかな。デンマークにだって、話の通じる、まっとうな奴《やつ》はいるはずなんだ。だが、わたしがこの目で見た者は、皆《みな》、腐《くさ》りきっていた」

「デンマークで、なにを見た？」

「デンマークどころか、ストックホルム沖《おき》で船に乗せられたとたんだった。兵たちはだらしなくて、上官の目を盗《ぬす》んで、酒を飲んだり博打《ばくち》を打ったり。しかも口にするのは、『休戦協定だの人質だの、こんな茶番に簡単にだまされるとは、スウェーデン人はまぬけだ』とか、『スウェーデン人をだますのは、赤子の手をひねるようなものだ』とか……。あいつらは心底、スウェーデン人をばかにしている。舐《な》めきっているんだ。

　国王は国王で、あれこそ私怨《しえん》の塊《かたまり》だ。スウェーデンへの恨《うら》み骨髄《こつずい》、人質を取ったくらいでおさまるものではない。『逆らった者はぜったいに許さん』『奴《やつ》らを根絶《ねだ》やしにしてやる』と癇癪《かんしゃく》を起こしてどなりちらすのを、船の上で、わたしは何度も耳にした。あいつは、本当に感情の抑《おさ》えが利《き》かない、かっとなったらなにをしでかすかわからない、残忍《ざんにん》きわまる性格なんだ。

　これはわたしがリューベックへ行ってから詳《くわ》しく聞いた話なのだが、あいつは王子だったころにも、ハンザ商人の拠点《きょてん》であるノルウェーの西海岸の港町ベルゲンで、デンマークに歯向かう人々を惨殺《ざんさつ》し、死体を切り刻んで海に投げ捨てたことがあったらしい。ベルゲンの入江《いりえ》は、血で海面がまっ赤に染まるほどだったと……。おまけに素行も悪くて、いかがわしい安宿に出入りするわ、女にはすぐ手を出すわ……。まったくもって、人の上に立ち、範《はん》を示せるような器《うつわ》じゃないんだ」

「クリスチャン二世の資質はわかった。でもそれなら、国王が代われば風向きも変わる、ということもあるんじゃないのか？」

「それは甘《あま》いぞ、ヨン。デンマークは国王がだれであろうと、これまでもこれからも、スウェーデンとの対等な同盟なんて、これっぽっちも望んではいない。カルマル同盟の崇高《すうこう》な精神なんて、夢幻《ゆめまぼろし》だよ。スウェーデンの未来なんて、奴《やつ》らにはどうでもいいことなんだ」

「そうなのか……」

「ああ、他言無用で聞いてほしいのだが……実は、デンマークの内情も複雑でね。クリスチャン王の側近には妙《みょう》に計算高い奴《やつ》らがいて、国王をあやつっているといっていい。これまでの由緒正《ゆいしょただ》しい貴族とはちがう奴《やつ》らが……」

「どういうことだ？」

「クリスチャン王には王子のころ、ベルゲンで知りあったオランダ人の愛人がいたんだが、その母親というのが、なかなかのやり手で、自分の身内をつぎつぎと宮廷《きゅうてい》に送りこんでいるんだ。しかも自身は、実質上の『大蔵卿《おおくらきょう》』の役目を果たしている」

「愛人？　クリスチャン王には正式な王妃《おうひ》がいるだろう？　たしか、ハプスブルク家から嫁《よめ》にきた……」

「ああ、神聖ローマ帝国《ていこく》（中世から十九世紀初頭まで存在した、ドイツを中心とした国家）皇帝《こうてい》マクシミリアンの孫娘《まごむすめ》エリサベットがね。でも、クリスチャン王は王妃《おうひ》には冷たいらしい。愛人との関係は、結婚後《けっこんご》もつづいていたというからな。ところが、数年前にその女が急死した。国王との関係を快く思わない側近の貴族による暗殺だったのではないかという噂《うわさ》もあり、国王と貴族たちの関係はぎくしゃくしたままだ。しかも娘《むすめ》が死んだというのに、その母親はいっそう国王への影響力《えいきょうりょく》を増し、貴族たちの力をそぎ、新興勢力である地方の豪族《ごうぞく》や裕福《ゆうふく》な農民たちとともに王権強化を図っている。

奴《やつ》らはスウェーデンをどうしたら完全に自分たちのものにできるか、常に策をめぐらしているんだ。硬軟《こうなん》織り交ぜて、スウェーデン国内の〈同盟派〉をけしかけているのも、その戦略のひとつだ。

デンマークは地理的に、スウェーデンをどうしても押《お》さえたい。バルト海をめぐる覇権争《はけんあらそ》いに勝つには欠かせないからな、スウェーデンは。南のドイツはもとより、東のロシアも西へ西へと勢力を広げてきているから、デンマークとしては戦々恐々《せんせんきょうきょう》だろう。西の北海に目を向ければ、英国の連中も牽制《けんせい》しないといけないし、デンマークの奴《やつ》らも、国の生き残りをかけて必死なんだ。

地理的な問題だけではない。スウェーデンには、あいつらが喉《のど》から手が出るほど、ほしいものがある。ひとつは、この国の『資源』だ。鉄や銅は、どちらも武器の製造には欠かせないだろう？　スウェーデン中部から目を離《はな》さないでいるのは、そのためだ。

もうひとつは、『人』だ。スウェーデンの男たちを徴兵《ちょうへい》して、最前線に送る。目下の敵はスウェーデンだから、奴《やつ》らの戦略どおりになれば、スウェーデン人がスウェーデン人と戦うことになる。つまりはデンマーク人を温存でき、逆らうスウェーデン人をこの世から消せる。一石二鳥というわけさ。わたしがデンマーク王なら、そう考える」

「グスタフ、きみが味方でよかったよ……」

「嫌味《いやみ》かい？　だが、わたしはこの耳で聞いたんだ。カルー城での軟禁《なんきん》生活がはじまってまもなくのころ、ようすを見にきた側近たちがスウェーデンについて話すのを。そのうえ人質のわたしに、デンマーク側に寝返《ねがえ》ったらすぐに釈放《しゃくほう》してやる、デンマーク軍の要職にもつけてやる、殺されそうだから武器をおさめてくれと若ステューレに手紙を書け、父親にも懇願《こんがん》しろと、まあいろいろと取引を持ちかけてきたよ。でも、しまいには、わたしがそう簡単には屈《くっ》しないとわかったらしい。おかげで結局、軟禁《なんきん》生活がだらだらとつづくことになってしまった……。

とにかく、このままでは、スウェーデンは完全にデンマークの属国、いや、それ以下になってしまう。クリスチャン王もその側近たちも、まったく信用できない。これまでの伝統的な貴族とはちがう、恥《はじ》も外聞もない、話し合いなど通じない、まったく新しい勢力なんだ。時代は変わりつつある。このことを一刻も早く父上たちに知らせたかった。そのために、ずっと脱出《だっしゅつ》の機会を狙《ねら》っていたんだ」

「そういうことだったのか……」

「ああ。いま、ここで立ちあがらなければ、後悔《こうかい》したときにはもう遅《おそ》い。そのうち、クリスチャン王はスウェーデンの農民から武器を取りあげるだろう。新たな税もかけてくるぞ。兵役から逃《のが》れられないよう制度を厳しくするだろうし、カトリック教会だって、どうなることか……。ドイツでは、カトリック教会に対抗《たいこう》する新しい宗派の動きがあるようだし……。とにかく、わたしはなによりも先に、この国をデンマークの手から解放して、独立を成《な》しとげたいんだ。ああ、やはり、この部屋でのんびりしてなどいられないな」

グスタフがそこまで話すと、ヨンはきゅっと口元を引きしめた。それから、すっかり冷めてしまった薬草茶を飲みほし、あらためてこう切り出した。

「友として、きみに命をかけてくれと言うのはつらいが、話を聞いて、グスタフ、この国の存亡はきみの肩《かた》にかかっていると、あらためて確信したよ。モーラには、信頼《しんらい》できるヤコブ神父がおられる。反デンマーク派の中心人物だ。やはり、ここはモーラへ行くのがいちばんいいと思う。きみが無事モーラまでたどりつけるよう、ぼくができるかぎりのことはする。だからデンマーク側の探索《たんさく》がおさまるまで、どうか、ここにいてくれ。この館だっていつまで安全かはわからないけれど、焦《あせ》って無理だけはしないでくれ」

「ありがとう、ヨン」グスタフは友の目を見つめ、素直に感謝の気持ちを伝えた。

つぎの日からも、雪が降ったりやんだりの、北国の冬らしい日がつづいた。空をおおう雲は厚く、昼間でも部屋の明かりが欠かせないほど薄暗《うすぐら》い。

それでもグスタフにとっては、この数年でいちばんおだやかな時間が流れたといえる。ラテン語の翻訳《ほんやく》に取り組んでいるときは真剣《しんけん》そのもので、いやなことを忘れることができたし、仕事の合間に旧友と交わす思い出話や軽口は、心和《なご》むことばかりだった。

そんなある日のことだった。

「『わたしは、あなたに、天国の鍵《かぎ》を授けよう。そして……』えーっと、『あなたが地上でつなぐことは、天国でもつながれ……地上で解かれることは天国でも解かれるであろう』うん、マタイ（新訳聖書の「マタイによる福音書」のこと）も、もう半分くらいは訳せたかな」

グスタフが満足そうに言うと、ヨンも大きくうなずいて、「福音書にまで手がつけられるとは、グスタフ、本当にきみのおかげだよ」と感謝の気持ちを口にした。

そして神父らしいまじめな声色《こわいろ》に変えて、「ほうびに、『わたしは、あなたに、スウェーデンの鍵《かぎ》を授けよう』」とつけ加えた。

ふたりは、声をたてて笑った。声をあげて笑いあえる友がいることが、どれほど自分に勇気を与《あた》えてくれるか……。グスタフは、しみじみ神に感謝したい気持ちになった。どうか、この国とこのわたしに神のご加護があらんことを！

ところが翌朝早く、まずいことが起きた。

グスタフとヨンが部屋で顔を洗い、一枚の麻布《あさぬの》の端《はし》と端《はし》で、楽しそうに話しながらいっしょに顔や手を拭《ふ》いているところを、汚《よご》れたお湯をさげにきた女中に見られてしまったのだ。

神父さまが、流れ者の作男《さくおとこ》なんかと同じ手拭《てふ》きを使っているなんて！

「神父さま、どうして、そんな男といっしょに手を拭《ふ》いていらっしゃるんですか？　汚《けが》らわしい！」女中はとがめるように大声で尋《たず》ねた。

「きみには関係ない！」神父はとっさにこたえたが、女中が部屋から出ていったとたん、顔を曇《くも》らせ、低い声でグスタフに言った。

「グスタフ、すまない。油断したぼくが悪かった。だが、もう、あの女の口に戸を立てることはできないだろう。館の者がこのことを知って、いろいろと詮索《せんさく》しはじめるのは時間の問題だ。噂《うわさ》は、すぐに外へ広まるはず。ここは、もう安全とはいえない。すぐに出発したほうがいい」

「でも、どこへ？」

「とりあえず、この近辺できみを託《たく》せるのは……イサラ村のスヴェン、あの男以外いない。信用のおける牛飼いだよ。湖の対岸のイサラ村に住んでいる、まじめで働き者のスゥェーデン人だ」

6
藁《わら》の積荷

外が薄明《うすあか》るくなるのを待って、グスタフはスベルドシュー湖の氷をわたった。

懐《ふところ》にはヨン神父が書いてくれた、スヴェン宛《あて》の手紙が入っている。これが望みをつなぐものになるのか、それともただの紙切れと化すのか、いまはまだわからない。

対岸のイサラ村までは、わずか三キロほどの距離《きょり》だが、分厚い氷の張った、さえぎるもののない湖の上を吹《ふ》き抜《ぬ》ける風は強く冷たく、思うように足を前へ運べなかった。

それでも、ヨンが餞別代《せんべつが》わりにくれた羊皮の胴着《どうぎ》が、体に風が刺《さ》さるのをしっかりと防いでくれる。友とはありがたいものだ、とグスタフは心から思った。

目的の村は、湖の奥深《おくぶか》い入江《いりえ》にあった。

グスタフは岸にあがると、急な斜面《しゃめん》を足を滑《すべ》らせながらどうにかのぼりきり、村のほうへ歩いていった。

ヨンに教わったとおり、村はずれにある目的の家はすぐにわかった。藁《わら》ぶき屋根の小さな木の家だ。

グスタフは周囲に人目がないのを確認してから、迷うことなく、その家の扉《とびら》を叩《たた》いた。

ややあって扉《とびら》を開けてくれたのは、白い前掛《まえか》けをした、おかみさんらしき女の人だった。手に大きな木のへらを持っている。パンを焼いている最中のようだ。

グスタフは小声で主《あるじ》のスヴェンに会いたいと告げたが、あいにく亭主《ていしゅ》は森へテンを撃《う》ちにいっていて留守だという。

「うちの人はしばらく帰ってこないだろうけど、まあ、中へ入って、あたたまりなよ。あたしは、シャスティ」シャスティは、夫を突然《とつぜん》訪ねてきた見知らぬ客に動《どう》じることもなく、ほがらかに応じた。「湖の上は風が強かったろ。下手したら、おまえさん、カチンコチンに凍《こお》りついちまうところだったよ」

シャスティがそう言ってケラケラと笑ったのは、グスタフのまつ毛に白い霜《しも》が張りついていたからだった。

グスタフは苦笑いをすると、遠慮《えんりょ》なく家の中へ入った。

シャスティは木の器《うつわ》に熱い湯をそそいでグスタフにすすめ、あとは黙《だま》ってパン焼きに精を出しはじめた。焼いているのは、ダーラナ地方にはよくある丸い形の薄《うす》いライ麦パンだ。焼きあがったパンはぱりぱりに乾燥《かんそう》させ、長期保存するのだ。

グスタフはかまどの近くの椅子《いす》にすわって、シャスティの慣れた手つきを眺《なが》めていた。パンのいい香《かお》りが家じゅうに広がり、自然と腹が減ってくる。

もちろん、シャスティはグスタフに、焼きたての薄焼《うすや》きパンを好きなだけ食べさせてくれた。焼きたては焼きたてで、ほかほかとやわらかく、香《こう》ばしくてうまいのだ。

「チーズをのせたら、なおうまいよ」シャスティは食料棚《だな》から、自家製のチーズも出してくれた。

グスタフがチーズをのせたパンをほおばっていると、しばらくしてスヴェンが帰ってきた。

体についた雪をはらい、革の手袋《てぶくろ》をはずすと、スヴェンはさっそく神父からの手紙に目を通した。そして読みおえるや手紙をかまどの火に投げ入れ、グスタフを振《ふ》り返って言った。

「わかりました。おれにできるかぎりのことはしますぜ。女房《にょうぼう》以外、秘密はだれにも話さねえ。まかしてく……」

そのときだった。突然《とつぜん》、おもてで雪を踏《ふ》む靴音《くつおと》がした。と、いきなり玄関《げんかん》の扉《とびら》が乱暴に叩《たた》かれ、どなり声が聞こえた。

「開けろ！」

グスタフは、ぱっと立ちあがった。が、隠《かく》れるにはもう間に合わない。すぐに開けなければ、よけい怪《あや》しまれる。

スヴェンはシャスティとグスタフに目くばせしてから、用心深く、ゆっくりと扉《とびら》を開けた。

外には、槍《やり》を持った男が三人、けわしい顔をして立っていた。執政官《しっせいかん》ベングト・ブルンソンの手の者たちにちがいない。

「このあたりを、怪《あや》しげな奴《やつ》がうろついているのを見なかったか？」男のひとりが尋《たず》ねた。

「いいや、だれも」スヴェンはしらを切ったが、男たちはグスタフに目をやっている。低い声で、「あいつ、なんか百姓《ひゃくしょう》らしくないぞ……」とささやく声も聞こえる。

シャスティはそれに気づくと、とっさに手に持っていたパン焼き用の木のへらを振《ふ》りあげ、グスタフの背中を思いっきりバンとひっぱたいた。

「おまえ、なにぼうっとつっ立ってるんだ！　他人さまを見たことがないのかい？　早く牛小屋へ行って、仕事をおし！」

グスタフはうなり声をあげながら床に倒《たお》れていたが、もっそり起きあがると、ふらつく足取りで勝手口から裏庭へ出ていった。

「あれはやっぱり、ただの下男か。いくらなんでも、金になる貴族の男をへらで叩《たた》くはずがない」

「気の毒に……。おかみさんにこき使われて、すっかり弱っちまってるんだ。もう長くはないかもな」

「行こうぜ。ほかのところをさがそう」

男たちはぶつぶつ言いながら、そそくさとスヴェンの家から出ていった。

少しして牛小屋へ駆《か》けつけたスヴェンとシャスティは、牛に藁《わら》をやっているグスタフを見て、その場にひれふした。

「女房《にょうぼう》の奴《やつ》、本気でグスタフさまをひっぱたくとは……。敵の目をあざむくためとはいえ、申し訳ありません」

するとグスタフは両手についた藁《わら》をはらい、振《ふ》り向いて、屈託《くったく》のない笑顔を見せた。

「ふたりとも、頭をあげてくれ。許すどころか、感謝してもしきれないよ。とっさにあんな芝居《しばい》ができるとは、シャスティ、たいしたものだ。肝《きも》がすわっているな」

スヴェンは頭をあげると、冗談《じょうだん》めかして言った。

「へえ。肝《きも》っ玉《たま》の太いのだけが、こいつの取《と》り柄《え》でして……」

「あら、あたしはパン焼きだって得意だよ」シャスティが立ちあがりながらつづけた。「グスタフさま、背中は痛くないですか？　とにかく母屋《おもや》へ戻《もど》って、少し冷やしたほうが……」

「だいじょうぶ……。うっ、やっぱり、ちょっと痛いかな」

「すみません。とにかく母屋へ。ゆっくり休んでください」とシャスティ。

「ありがとう。ダーラナ地方の民は、男ばかりか、女も実に頼《たよ》りになるとよくわかったよ」グスタフはにやりとして、手についた藁《わら》をもう一度パンパンとはらうと、スヴェンとシャスティとともに牛小屋から引きあげた。


二日が過ぎた。そのあいだも雪は降りつづき、スヴェンの家の小さな窓から見える道にも雪がどんどん積もっていった。

シャスティは時折、家の前の雪かきをした。グスタフも手伝いたかったが、外に出るわけにはいかない。いつ、だれに見られるか、わからないからだ。

家の前のシラカバの木には、野鳥用のえさ台が取りつけられていて、シャスティがパン屑《くず》を置くと、どこからともなく小鳥たちがついばみにやってくる。グスタフは自由に出歩くこともできない自分にいらだちを感じながらも、小鳥たちの無邪気《むじゃき》な姿を窓越《まどご》しに眺《なが》めて気をまぎらわした。

午後になって、村のようすを探りにいっていたスヴェンが帰ってきた。

「ちくしょう、探索《たんさく》の者がつぎつぎやってきて、締《し》めつけてやがる。奴《やつ》ら、もう一度、村の家を一軒《けん》ずつ、しらみ潰《つぶ》しにするって話だ。となれば男は全員、徹底的《てっていてき》に調べられる。うちでかくまえるのも、せいぜい、あと一日か。ここにいらしては、かえって危ない。こうなったら先手を打って、今日じゅうに村を出たほうがいい。

グスタフさま、いまからマルネース村へお送りしますぜ。ここから二十キロ近くあるが、あそこには森の管理をしているオロフソン兄弟がいる。頼《たよ》りになる男たちだから、きっと力になってくれるはず」

シャスティは夫の話を聞くと眉間《みけん》にしわを寄せ、心配そうに口をはさんだ。

「途中《とちゅう》で敵に出くわしたら、どうするんだよ？」

「もちろん、グスタフさまとのんきに道を歩いていこうなんて考えてないさ。荷物を運ぶそりに藁《わら》を積んで、その中に隠《かく》れていただく。そうすれば、いくら目を凝《こ》らしても見つかりっこないだろう」スヴェンはそうこたえると、さっそくしたくに取りかかった。

馬にそりをつなぎ、そりの底に藁《わら》を敷《し》く。グスタフが自分の荷物を抱えて藁《わら》の中に寝《ね》ころぶと、スヴェンは上からさらに山ほど藁《わら》をかぶせ、自分はそりの前に乗りこみ、手綱《たづな》を握《にぎ》った。

スベルドシュー湖の北側をまわり、マルネース川沿いの一本道を北西に向けてのぼっていく。だらだらとした上り坂がつづく。吹雪《ふぶき》にはならないだろうが、雪ははらはらとひっきりなしに落ちてくる。

しばらく行くと、執政官《しっせいかん》の手先らしき三人組の男たちに出会った。男たちはスヴェンの顔を知っていた。

「イサラ村の者だな。こんな時間に、どこへ行く?」

「森の向こうに、牛を飼ってる知り合いがおりましてね。藁《わら》が足りないっていうものだから、届けてやろうかと」

「グスタフ・ヴァーサを見なかったか?」

「いいえ、だれとも会わなかったですぜ」スヴェンは落ち着きはらって、こうこたえた。

だが、男のひとりは疑《うたぐ》り深い性分《しょうぶん》で、藁《わら》の山を怪《あや》しむようににらみつけた。藁《わら》の中になら、人ひとりくらい隠《かく》れられるだろう。男はそう考えると、持っていた槍《やり》で藁《わら》の山を突《つ》きはじめた。すぐに、ほかの男たちも同じようにした。何度も突《つ》いているうちに、槍《やり》の一本がグスタフの足首をかすった。

グスタフは声を押《お》し殺し、じっと耐《た》えた。

スヴェンも平静をよそおった。

いくら突《つ》いても藁《わら》の中になにもないと判断すると、男たちは首を振《ふ》りながら、イサラ村のほうへ引きあげていった。

スヴェンは、マルネース村へと馬を急がせた。

ところが少しして振《ふ》り向くと、藁《わら》の中から血がたれているのが目にとまった。小さいがまっ赤な血のしみが、白い雪道に点々とつづいている。

スヴェンはすぐに察した。

グスタフさまが怪我《けが》をされたのだ。これでは藁《わら》の中に怪我人《けがにん》がいることが、すぐにわかってしまう。雪はやんでいる。このままではまずい。どうしたものか……。

「だいじょうぶですか？」積荷を振《ふ》り返り、ささやくように声をかけた。

「案ずるな」藁《わら》の中から返事が聞こえた。

スヴェンは、ほっと胸をなでおろした。

傷は深くはなさそうだ。それならば……。スヴェンは思いたって腰《こし》からさや付ナイフをはずすと、そりを降りて馬の横にまわり、右のうしろ足のひづめの上をさっと切った。そしてすぐにナイフをしまい、そりに戻《もど》ってふたたび馬を急がせた。

しばらくして、またべつの三人組に出くわした。

「おい、待て」

「血がたれてるぞ」

「どういうことだ？」

男たちはそうさけぶと、スヴェンに馬を止めさせた。

「うちの馬が、足に怪我《けが》しちまってるみたいで……」スヴェンは、なに食わぬ顔をしてこたえた。

「ちょっと見てやってくれよ」

男たちが腰《こし》をかがめて顔を近づけると、たしかに馬の右うしろ足のひづめのきわから血がしみ出ていた。

「なんだ、馬の血か」

「あとで、ちゃんと手当してやれよ。傷がひどくなったら、かわいそうだ」

「もう行っていいぞ」

男たちはそう言うと、追いはらうように手を振《ふ》ってスヴェンのそりを見送った。

7　森の中

マルネース川に近い、小高い丘《おか》の上にマルネース村はある。まわりを深い森にかこまれた、イサラ村よりさらに小さな集落だ。

その村に、スヴェンがグスタフを託《たく》すべきオロフソン兄弟が住んでいた。名をマッツとペールといい、一帯の森を管理するのがふたりの仕事だった。

スヴェンが訪ねてきたとき、オロフソン家は夕食の最中だった。肉を焼いたばかりの香《こう》ばしいにおいが、狭《せま》い室内にただよっている。

食卓《しょくたく》をかこんでいるのは、年は離《はな》れているが顔のよく似た、体格のいいふたりの男。年上に見えるほうは、口ひげをはやしている。それから縮《ちぢ》れ毛の若い女がひとりに、はっぺたの赤い子どもがふたりの計五人だ。

「マッツ、藁《わら》を持ってきたぞ。牛のえさが足りないって聞いたからな」スヴェンは、口ひげをはやした男に声をかけた。

「それはありがたい。コケや枯《か》れ葉ばかりじゃ、牛もかわいそうってもんさ。で、お代はいくらだ？」マッツは肉をかじりながら尋《たず》ねた。

「そんなもんはいらん。代わりに、藁《わら》の中のだいじなものをあずかってほしい」スヴェンは言った。

「なんだ、それは？」若いほうの男、弟のペールが聞き返した。

「自分たちの目で見てくれ。納屋に藁《わら》をおろすから」とスヴェン。

「腹は減ってないのかい？」マッツの妻のブリッタが口をはさんだ。「よかったら、いっしょに」

「ありがたいが、先に藁《わら》をおろしてしまいたいんだ。急ぐんでね」スヴェンはこたえた。

兄弟は防寒具を着こむと、スヴェンを納屋へ案内した。さっそく三人で、めいめい藁《わら》用の熊手《くまで》を手に持ち、仕事に取りかかった。

ところが、そりの藁《わら》をひとかき、ふたかきすると突然《とつぜん》、兄弟ははっとして手を止めた。藁《わら》がうごめいて、中からひとりの若者が現れたのだ。

「傷はどうです？」スヴェンが尋《たず》ねると、若者は「たいしたことはない」とこたえて、素早くそりから降りた。体についた藁《わら》を両手でぱっぱっとはらう。悪びれたところなどみじんもない、堂々とした男だ。

スヴェンは兄弟を振《ふ》り向くと言った。

「こちらは、クリスチャン二世が追手を差し向けているグスタフ・ヴァーサさまだ。おまえたちがこの国を思うスウェーデン人なら、この方をかくまってほしい。おれのところは、もう危ないんだ」

「もちろんだとも」マッツは即座《そくざ》にこたえた。「けど、村の中はだめだ。デンマーク側の手先があちこちうろついてやがる。家の中は狭《せま》いし、納屋じゃ、隙間《すきま》からのぞかれる心配があるしな」

「森に隠《かく》れてもらうのは、どうだろう？」ペールが提案した。「寒いけどな。真冬だから寂《さび》しいし」

「平気さ。デンマークで人質になっていたときは、氷の上にコケを敷《し》いたベッドで寝起《ねお》きしていたんだから」グスタフは冗談《じょうだん》ともつかぬ口ぶりで、陽気にこたえた。

「では、グスタフさま、まずは夕飯を食べて、夜のあいだはうちでお休みください。女房《にょうぼう》に傷の手当をさせます。そして朝になって明るくなったら、寒さを防ぐものもたっぷり持って、森へお連れしましょう」マッツは言った。

「うん、頼《たの》んだぞ。馬のほうは、手当するまでもなさそうだ」スヴェンは自分の馬の足を見て、安心したように笑みをこぼした。


まだ夜が明けきらないうちに、スヴェンは帰りじたくをととのえ、帰路についた。

一方、マッツはグスタフを白《しら》みはじめた森の中へと案内した。

ふたりは、どこまでもつづく針葉樹の森の中を半時間ほど歩いた。足跡《あしあと》が目立たぬように気をつけながら、ときに雪をかき分け、ときにコケのはえた湿地《しっち》をわたった。

やがて目的の場所までくると、マッツは足を止めた。

「この松の木ならいいだろう」

嵐《あらし》で倒《たお》れたのだろうか、太い松の木が雪の中に横たわっている。幹の下に、人がひとり入れるほどの空間があり、洞窟《どうくつ》のようになっている。

「ここなら、どうにか吹雪《ふぶき》もしのげる」マッツはそう言って、抱《かか》えてきた分厚い羊の毛皮を幹の下に敷《し》いた。そして背中の袋《ふくろ》から丸パンと焼いたウサギ肉を取り出すと、グスタフにわたした。

「明日の朝、また食いものを届けにきます」マッツはそう言うと、きた道を引き返していった。

グスタフは、ひとり取り残された。雪を踏《ふ》みしめるマッツの足音が遠ざかったあとは、森の中はしんと静まり返った。

孤独《こどく》――グスタフの脳裏《のうり》にふと、その言葉が浮《う》かんだ。孤独《こどく》にはとっくに慣れているはずなのに、なにをいまさらと思ったが、それほど森の中は静かだったのだ。

昨夜のオロフソン家の夕食時のにぎやかさとは正反対の、静まり返った森の中にひとり取り残されたという現実が、そう思わせたのかもしれない。これまでだって、森の中に寝泊《ねと》まりして旅をつづけてきたのだから、どうということはないはずなのに……。

だが、行くべき場所があって眠《ねむ》りにつき、朝になればその道を急ぐのとはちがう。今日から何日かは、マッツたちを頼《たよ》りに、ここでじっと過ごさなければならないのだ。

探索《たんさく》の奴《やつ》ら、早くあきらめればいいものを……。グスタフはそう思いながら、マッツが毛皮を敷《し》いて寝床《ねどこ》をつくってくれた松の幹にあらためて目をやった。

うねった幹が竜《りゅう》の姿に見える。左右にのびた枯《か》れ枝《えだ》は、鋭《するど》い爪《つめ》を持つ竜《りゅう》の前脚《まえあし》のようだ。

「どうしても寂《さび》しくてたまらなくなったら、これにまたがって、竜《りゅう》とたわむれる遊びでもするか。それとも老ステューレのつもりになって、竜《りゅう》と戦うか……」グスタフはひとりごとをつぶやくと、幹の下の寝床《ねどこ》に体を横たえた。

寝心地《ねごこち》は思っていたほど悪くなかった。デンマークのカルー城で人質生活を送っていたときより、ましなくらいだ。

昨夜は冗談《じょうだん》で、「氷の上にコケを敷《し》いたベッドで寝《ね》ていた」などと口にしたが、実際に寝《ね》ていたのは氷のように冷たく堅《かた》い木のベッドだった。そこに古い毛布を敷《し》いて、どうにか暖《だん》を取っていたのだ。

すりきれた毛布なんかより、この毛皮のほうがずっと上等だ。松の枝がうまいこと風をさえぎってくれるから、凍《こご》え死ぬこともないだろう。そんなことより、人質生活といえば、母や妹たちのことが心配だった。いまごろはどこで、どんなところに押《お》しこめられているのだろうか……。

グスタフはあらためて、人質にされた者たちに思いをはせた。

自分が決起すれば、人質たちはどんなひどい目に遭《あ》うかわからない。命の危険にだってさらされるだろう。はたして、そこまでして自分がスウェーデンのために立ちあがる必要があるのか……。グスタフは一瞬《いっしゅん》、迷いが胸をよぎるのを感じたが、すぐにこう思い直した。ここで足を止めては、すべてが無駄《むだ》になる。自分がクリスチャン王に恭順《きょうじゅん》の意を示したところで、人質が解放される保証など、どこにもないのだから……。

グスタフはふと、二年前のあの日の母の言葉を思い出した。デンマークへ人質として差し出される自分に向けて、母が言いきった言葉を――。

「いいですか、グスタフ。人質になるということが、どういう意味かわかっていますね。貴族の中には、デンマークに送られるあなたたちについて、両国の友好の証《あかし》だなどと楽観的な言葉を口にする者もいますが、けっしてそんな甘《あま》いものではありませんよ。わたくしは、すでに覚悟《かくご》をきめています。いざというときは、あなたもそのつもりでいるように……」

あのとき、母の目はたしかにうるんでいた。息子との今生《こんじょう》の別れになるかもしれぬ、と覚悟《かくご》をきめた人の目だった。だが、母は取り乱しはしなかった。最後まで毅然《きぜん》とした態度で、わたしを送り出してくれた。母なら、あの母なら、わたしがこの道を突《つ》き進むことをきっとわかってくれるだろう。

それに、妹のマルガレータだって……。あの子は、ああ見えて、芯《しん》は強い女だ。ヨアキムとの結婚話《けっこんばなし》が出たころは、年の離《はな》れた男に嫁《とつ》ぐことに抵抗《ていこう》があったのか、浮《う》かぬ顔をしていたこともあった。だが正式に結婚《けっこん》がきまると、マルガレータは兄である自分にこう言ったではないか。

「ねえ、お兄さま。これでようやく、わたしも少しは父上や、〈独立派〉の皆《みな》さんのお役に立てそうだわ。スウェーデンのためには、〈独立派〉の結束がだいじですものね。夫となるヨアキムは、きっと父上の片腕《かたうで》になってくださる、この先、お兄さまのことも支えてくださると、わたし、そう思うんです。

そりゃあ、わたしだって、子どものころはお兄さまみたいに、馬に乗ったり、剣《けん》のお稽古《けいこ》をしたり、できればウプサラへ行って勉強したり、そんなことをしてみたいと思ってました。わたしも、お兄さまみたいに男だったらなあって……。でもね、結婚《けっこん》することになって、気がついたんです。人には、それぞれ役割がある。女のわたしでも、わたしなりに皆《みな》さんのために役に立つことができるんだって。ね、お兄さま、そうでしょ？

わたし、ヴァーサ家の娘《むすめ》として、そして、これからはヨアキム・ブラーへの妻として、自分のできることはなんでもしようと思うんです。ヨアキムは誠実で、とても頭のいい、やさしい方だし……。微力《びりょく》ながら、わたしもスウェーデン独立のためにつくします。ええ、わたし、本当にこれでよかったと思っているのよ……」

グスタフは、あの日のマルガレータのひたむきな気持ちが、夫を失い、人質の身になったいまも、どうか萎《な》えないでいてほしい、と心から願った。すると森の中を吹《ふ》き抜《ぬ》ける風が心なしか弱まって、妹の無邪気《むじゃき》な笑い声が木々の向こうから聞こえたような気がした。

いろいろと考えをめぐらしているうちに、時間は過ぎていった。

その日、グスタフは体がなまらないように時折、手足を動かしたり、マッツが置いていった食料をほおばったりして時間をつぶした。そして日が沈《しず》むと早々に新しい寝床《ねどこ》にもぐりこみ、あっというまに眠《ねむ》りに落ちた。


夢を見た。

薄暗《うすぐら》い部屋——カルー城の一室のようだ。中庭に面した小さな窓に鉄格子がはまっている。

季節は秋、鉄格子から見あげる空に太陽がのぼりかけている。

廊下《ろうか》に通じる扉《とびら》の向こうで、人の声がする。デンマーク語でなにか言っている。

「そろそろ、朝飯を差し入れる時間だぞ」

「おまえ、持っていけ」

ややあって、ガチャンとかんぬきをはずす音がして、重たい木の扉《とびら》が開いた。

「飯だ」赤ら顔の男が言った。

グスタフは寝床《ねどこ》から立ちあがり、よろよろと男に近づいた。

「ありがとう……」と小声でこたえ、男の差し出したお盆《ぼん》に手をのばしたが、よろめいてせっかくの食事を床《ゆか》にばらまいてしまった。

「くそっ、なにやってんだ！　ああ、もったいねえ……」

男がころがった黒パンを拾おうとした隙《すき》に、グスタフは半開きの扉《とびら》から抜《ぬ》け出し、廊下《ろうか》側から扉《とびら》を閉め、かんぬきをかけた。

「なにしやがる！」

どなる声を無視して、グスタフは振《ふ》り向きもせず走りだした。

脱走《だっそう》に気づいたべつの男が飛びかかってくるが、みぞおちにげんこつをかまし、そのまま全力で走る。

長い廊下《ろうか》を駆《か》け抜《ぬ》け、階段の手すりを滑《すべ》りおり、玄関《げんかん》から庭へ、その勢いで庭をつっきり、海の中に現れた道をひた走っていく。風に背中を押される。

「人質が逃《に》げたぞ！」

「捕《つか》まえろ！」

背後で声がする。

追手が放たれる。ひづめの音がする。犬の声も――。

グスタフは必死に走りつづける。息があがるが、足を止めて休むわけにはいかない。道は、やがてブナの並木道に変わる。走って、走って――だが、いくら走っても並木はおわらない。

突然《とつぜん》、グスタフは背中に熱いものを感じる。

火か？

走りながら振《ふ》り向くと、追ってきていたのは、馬に乗ったデンマーク兵ではなく、一頭の大きな竜《りゅう》だった。竜《りゅう》が、鼻から炎《ほのお》を噴《ふ》きながら迫《せま》ってくるのだ。

ああ、このままでは自分は焼かれてしまう。ここは竜《りゅう》と戦うしかない。剣《けん》で、あの首を切り落とすしかない。剣《けん》はどこだ？　父上から譲《ゆず》り受けた、あのだいじな剣《けん》……どこに置いてきた？

「お兄さま！」

そのとき、ブナの幹の陰《かげ》から妹のマルガレータが現れ、グスタフに剣《けん》を投げてよこす。

助かった！

グスタフは受け取った剣《けん》を正面にかまえ、竜《りゅう》の目を鋭《するど》くにらみつける。

ぎらぎらと赤く燃える炎《ほのお》のような目で、竜《りゅう》もグスタフをにらみ返してくる。背中の逆立った鱗《うろこ》は、剣《けん》が反射する光を浴びて、いっそう毒々しい青緑色に映る。

いつのまにか、グスタフは甲冑《かっちゅう》に身を包んだ老ステューレになっている。いや、ちがう。甲《かっ》冑《ちゅう》姿《すがた》の聖ヨーランになって、馬にまたがっている。子どものころ、ストックホルムの大聖堂で見た、あの彫像《ちょうぞう》そっくりの姿に。

マルガレータも、彫像《ちょうぞう》のお姫《ひめ》さまそっくりにひざまずき、祈《いの》るように両手を胸の前で合わせている。

竜《りゅう》は首をくねらせ、さっきよりもいっそう激しく炎《ほのお》を噴《ふ》き出す。

その首めがけて、グスタフは馬上から剣《けん》を大きく振《ふ》りかざす。

竜《りゅう》も殺されてなるものかと首をのけぞらせ、必死に抵抗《ていこう》する。

グスタフは巧《たく》みに手綱《たづな》をあやつり、敵の炎《ほのお》を脇にかわして、一気に剣《けん》を振《ふ》りおろす。

「これでも食らえ――――！　や――――っ！」

グスタフは自分の声におどろいて、はっと目を開けた。

静寂《せいじゃく》しかない夜の森に、どこまでも自分の声が広がっていく。

村までは遠いから、だれかに聞かれることはなかっただろうが、夢を見ていたとはいえ、夜中に大声をあげるとはもってのほかだ。

グスタフは唇《くちびる》をぎゅっと嚙《か》むと、体にかけていた毛布を額まで引きあげ、ふたたび目を閉じた。


どれだけ時間がたったのだろう。

目を開けると、森の奥《おく》にも薄明《うすあ》かりがさしこんでいた。

昨日は星ひとつ見えなかったが、今朝は雪もすっかりやんでいる。見あげれば、松の枝の向こうに、久しぶりの青空が見える。寒さが少し和《やわ》らいだ気がする。

グスタフは、ゆっくりと体を起こした。そろそろ、マッツが朝食を届けにきてもよさそうな時分だ。

けれども、いくら待っても頼《たの》みの人は現れなかった。

仕方なくグスタフは寝床《ねどこ》から這《は》い出し、コケモモでもさがそうと隠《かく》れ場所の近くを歩きまわった。凍《こお》ったコケモモでも、なにも食べないより、いくらかましだと思ったのだ。

地面の雪を手ではらいのけると、赤い小さな粒《つぶ》が見え隠《かく》れする。しおれて、かちかちに凍《こお》ってはいるが、口にふくみ、舌の上でとかせば、どうにか食べられるだろう。

グスタフは、ひと粒《つぶ》つまんで口に入れてみた。

うっ、酸っぱい。

そのとき突然《とつぜん》、雪を踏《ふ》んで近づいてくる足音が聞こえた。

グスタフは急いでしゃがみこみ、隠《かく》れ場所に這《は》い戻《もど》った。息を詰《つ》める。

じきに、甲高《かんだか》い子どもの声が聞こえてきた。

グスタフは枝のあいだから目を凝《こ》らした。

灰色の毛糸の帽子《ぼうし》をかぶった、小さな子どもがふたり。あれはマッツの子どもたちだ。おとといの晩、突如《とつじょ》現れた自分を部屋の隅《すみ》からじろじろ見ていた、八歳《さい》になるスティーグと、三歳《さい》年下のカーリの兄妹だ。

「ほら、ちゃんと合ってたろ」スティーグが得意げに言った。「この松の木のところへは、何度もきたことがあるもんね。夏になると、このへんにはブルーベリーやコケモモがたくさんなるから」

スティーグは、食べものを背中にかついでいる。

カーリは、小さなミルク樽《だる》をさげていた。

「やあ」グスタフから声をかけた。

「父さんは、今日はこられない。ペールおじさんと、向こうの森の木を、急いで切らないといけなくなったから」スティーグはそう説明すると、背中の食べものをグスタフにわたした。

カーリは分厚い毛糸の手袋《てぶくろ》をはめた手で、木の器《うつわ》に器用にミルクをついだ。

グスタフはすぐにそれを飲みほし、おいしそうにパンや干し肉をほおばった。

子どもたちはそばに立って、そのようすをじっと見ている。

腹が満たされると、グスタフは近くにはえていたヤナギの枝をさや付ナイフで削《けず》って笛をつくり、子どもたちに手わたした。

「食べものを持ってきてくれたお礼に」

笛の吹《ふ》き方も教えてやった。

子どもたちの吹《ふ》く、とぎれとぎれの笛の音が、静かな森に小鳥の声のように響《ひび》く。

「じきに、うまく吹《ふ》けるようになるよ」とグスタフ。

「うん、おじさんを追ってる悪者たちと戦うときがきたら、おいらも手伝いにいくよ」スティーグは声をはずませた。

「きみは、戦いに出るには、まだちょっと小さいだろ」グスタフはほほえんだ。

「うん。でも、すぐ大きくなるよ」スティーグは自信満々にこたえた。

「見て、リスよ」急にカーリが声をあげ、木の上を指さした。

そばの松のこずえに、リスがすわっている。前足に松ぼっくりをはさみ、カリカリとおいしそうにかじっている。

「父さんは、木の上にいるリスを弓矢でしとめられるんだ。大きくなったら、おいらも父さんに弓を習って、上手になったら、おじさんのところへ行くよ。そのときにまだ戦う相手がいたら、の話だけど」

「うん、そうだね。頼《たよ》りにしてるよ」グスタフは笑った。声をたてて笑ったのは何日ぶりだろう。子どもたちが帰ってしまうと、グスタフはまたひとりになった。ひとりといっても、木の上にはリスがいる。昨日ほど、寂《さび》しくは感じない。子どもたちとの他愛《たあい》ない会話が、心をあたためてくれたせいかもしれない。

グスタフは枝や幹を行ったりきたりするリスを眺《なが》めて、しばらく時間をつぶした。


日が暮れて、グスタフはふたたび松の幹の下に横になった。

枝の隙間《すきま》から、夜空に星がまたたいているのが見える。枝をのけて見あげれば、澄《す》んだ空気の中に天の川がひときわ、くっきりと浮《う》かびあがってくる。じっと見つめていると、まるで体ごと、空の高みへゆっくりと運ばれていくような、不思議な感覚に陥《おちい》った。

しばらくすると、グスタフは寒さを感じて寝床《ねどこ》に体を戻《もど》したが、今夜はなかなか寝《ね》つけそうになかった。

さまざまな思いが頭の中を駆《か》けめぐる。

昨夜は、老ステューレにまつわる伝説のせいか、おかしな夢を見た。まあ、それだけ、老ステューレが活躍《かつやく》した〈ブルンケベリの戦い〉の話が強く印象に残っていたということだろう。

実際、あの戦いでの勝利が、スウェーデン人にどれだけの勇気を与《あた》えたかは計り知れない。この国の救世主のごとく、老ステューレが崇拝《すうはい》の対象になったのも納得がいく。あの若ステューレさまだって、老ステューレの威光《いこう》にあやかろうと、苗字《みょうじ》をわざわざ「ステューレ」に変えたのだから。

あの方は、老ステューレとともにブルンケベリで戦った側近のニルス・ボッソンの孫。たしかに、ニルス・ボッソンと老ステューレは縁戚《えんせき》関係にあるが、老ステューレに、より血が近いのは、このわたし——。

グスタフは、若ステューレに初めて会ったときのことを思い出した。

それは、いまから八年ほど前、ストックホルム城にある、総統の執務室《しつむしつ》でのことだった。グスタフは自分より四歳《さい》年上の、総統になったばかりの若ステューレのもとへはせさんじ、「このグスタフ・エリックソン・ヴァーサ、微力《びりょく》ながら、命をかけて総統にお仕えしたい」と申し出たのだ。

若ステューレは、褐色《かっしょく》の髪《かみ》と口ひげが美しい、意気揚々《いきようよう》とした若者だった。老ステューレを大伯父《おおおじ》に持つグスタフに、ことのほか興味を示し、「我らの父祖、老ステューレやニルス・ボッソンの遺志《いし》を継《つ》ぎ、この国の独立のためにともに戦おう!」とグスタフの手を力強く握《にぎ》った。側に仕えはじめたグスタフになにかと目をかけ、老ステューレの大甥《おおおい》にあたるこの若者をおおいに頼《たよ》りにした。

そうして二年ほどのうちに、グスタフは若ステューレの最側近のひとりとなり、自らも望んで、〈独立派〉と〈同盟派〉の激しい勢力争いに身を投じることになったのだ。

〈独立派〉は、一時は若ステューレやグスタフの父親世代の奮闘《ふんとう》により、クリスチャン一世の跡《あと》を継《つ》いだ息子のハンス王や、それになびく〈同盟派〉の指導者たちを退けることに成功していた。

だが、一五一五年、デンマークびいきのグスタフ・トロッレが、〈独立派〉に近かったヤコブ・ウルブソンの後継《こうけい》としてウプサラで大司教の座につくと、〈同盟派〉は新しい旗頭《はたがしら》を得て、ふたたび勢いづいた。

翌年、〈同盟派〉と〈独立派〉の争いは、ついに武力闘争《とうそう》に発展する。若ステューレ率いる〈独立派〉が、ストックホルム郊外にある大司教の砦《とりで》を兼ねた居城を包囲、攻撃を仕掛《しか》ける。ハンス王から王位を継《つ》いでいたクリスチャン二世がデンマークから〈同盟派〉に援軍《えんぐん》を送ってきたが、〈独立派〉はそれにも善戦した。

とはいえ、デンマーク王は執拗《しつよう》だった。

一五一八年六月、クリスチャン二世はストックホルムを陥落《かんらく》させようと、自ら艦隊を率いて北上してきた。そして最初はノルマルム地区に、その後セーデルマルム島に陣《じん》を張り、都を包囲した。

七月、ダーラナ地方の農民を中心とするスウェーデン軍は、若ステューレの指揮下、その包囲岸のブレン教会近くの草地ではじまった。セーデルマルム島の南対を破ろうと北へ向けて進軍、迎《むか》え撃《う》つデンマーク軍との激しい戦いが、セーデルマルム島の南対岸のブレン教会近くの草地ではじまった。

のちに〈ブレン教会の戦い〉と呼ばれるようになったこの戦いでは、はじめのうちこそ、スウェーデン軍は苦戦したが、戦場を知りつくしていることからしだいに優位に立ち、しまいには敵軍をセーデルマルム島へと後退させ、みごとに勝利をおさめた。

グスタフは、その戦いで、馬上で軍旗を掲《かか》げる旗手という大役を務めた。敵を対岸へ蹴散《けち》らしたあとに、空高くスウェーデン軍旗を振《ふ》ったときのあの誇《ほこ》らしい気持ちを、グスタフはけっして忘れないだろう。

だが、〈ブレン教会の戦い〉でスウェーデン軍に大敗を喫《きっ》したあとも、デンマーク軍はストックホルム近郊《きんこう》のあちらこちらに、しつこく攻撃《こうげき》を仕掛《しか》けてきた。スウェーデン軍も必死に抗戦《こうせん》し、その甲斐《かい》あって、ようやくストックホルム城で休戦協定が結ばれたのは、秋風が吹《ふ》く九月に入ってからだった。

休戦条件には、スウェーデン側から有力者の子弟を何人か人質としてデンマーク側に差し出すことがふくまれており、人質たちは帰還《きかん》するクリスチャン二世の船で、デンマークへ連れていかれた。その人質のひとりがグスタフだったということだ。

いま、グスタフの胸には、人質時代の悔《くや》しい思いがふつふつとわきあがっていた。さんざんデンマーク兵にばかにされ、父親に命乞《いのちご》いの手紙を書けと何度も迫《せま》られ、貧しい食事と冬の寒さに耐《た》えつづけた……。

人質まで取りながら、休戦協定を破り、ふたたびスウェーデンに攻《せ》め入るとは、クリスチャン王は卑怯《ひきょう》ではないか！　それが今年一月のできごと……ということは、去年の秋、わたしがカルー城から逃《に》げ出したのが先ということになる。ああ、それがいけなかったというのか……。わたしの逃亡《とうぼう》がクリスチャン王の怒《いか》りに火をつけ、祖国を危険にさらしたと？　息子の身を案じる父上を苦しめ、判断を誤らせたと……？

ちがう！

グスタフには、あの父が、いくらなんでも息子可愛さのためだけに、クリスチャン王に膝《ひざ》を屈《くっ》したとは思えなかった。やはり、若ステューレさまの死が大きくこたえたのだろう。クリスチャン二世をスウェーデン王として認める書類に父が署名したのは、苦渋《くじゅう》の決断だったのだ。

それに、たとえ自分がカルー城から逃《に》げ出さなくても、遅《おそ》かれ早かれ、デンマーク軍がふたたびスウェーデンに攻《せ》め入ったのはまちがいない。クリスチャン王にしてみれば、休戦協定など、その場をしのぐ方便。自軍の体勢を立て直す時間かせぎに過ぎない。若ステューレさまも、それは十分、予測していたはずだ。

スウェーデンに戻《もど》ってから聞いた話では、今年のはじめ、若ステューレさまは一万の兵を率いて、スウェーデン南西部、西ヨートランド地方の雪原《せつげん》で、堂々、敵軍と対峙《たいじ》したというではないか。

形勢は不利ではなかったが、一月十九日、戦いがはじまってまもなく、若ステューレさまは敵の砲弾《ほうだん》を受け、膝《ひざ》がつぶれる大怪我《おおけが》を負ってしまわれた。なんという不運……。

若ステューレさまはただちに、中部の町ストレングネースまでそりで運ばれ、さらにそこからストックホルムへ移される途中《とちゅう》の二月三日、膝《ひざ》の怪我《けが》が悪化し、メーラレン湖の氷上で息を引き取ったという。それでも味方の骨折りで、亡骸《なきがら》を奥方《おくがた》の待つストックホルム城へ送り届けることができたのは、せめてもの慰《なぐさ》めか……。

若ステューレが亡くなったいきさつを、マリーフレードに訪ねたヤコブ・ウルブソンから詳《くわ》しく聞いたとき、グスタフは本当に悲しくてならなかった。

ああ、できることなら、もう一度、若ステューレさまとともに、スウェーデンのために戦いたかった。いま、あの方が生きておられたら、どんなに心強かったか……。あの方さえ生きておられたら、父上たちもあんな目に遭《あ》うことはなかったろうに……。

グスタフは悔《く》やんでも悔《く》やみきれない気持ちで、胸が押《お》しつぶされそうだった。

いや、嘆《なげ》いていても仕方がない。グスタフよ、うしろばかりを振《ふ》り返っていてはだめだ。しっかりと自分の目で前を見るのだ……。いまは前に進むしか道はないのだから。

グスタフは自分を戒《いまし》め、気を取り直すと、今後のことを考えはじめた。

この森から、ダーラナ地方の中心に広がるシリアン湖までは、そう遠くあるまい。いちばん近い村は、ヨン神父も名前を挙《あ》げていた、湖の東側にあるレットヴィークだろう。クリスマスも近い。レットヴィーク村の教会へ行けば、地元の民に会えるにちがいない。わたしの考えを話すには、もってこいの機会じゃないか！

グスタフは今後の計画をあれこれ考えているうちに、ようやく眠《ねむ》りに落ちていった。

つぎの日は、マッツが自分で食べものを運んできた。だが明らかに、落ち着かないようすだった。

「道で、知らねえ男に聞かれたんです。食いものなんか持って、森へなにしにいく、って。一日じゅう、獣《けもの》や鳥を狙《ねら》うには食いものが必要なんだ、とこたえておきましたが、だれかをかくまってるんじゃないか、と笑いやがった。ただのあてずっぽうなのか、それともなにか噂《うわさ》を耳にしたのかはわからんが、うちの村の者ではなかったことはたしかです。おそらく近くの村の者でしょうが、敵の奴《やつ》らに告げ口するかもしれません」

「だとすれば、ここにいてはまずいな」

「すぐに場所を移ったほうがいいです。さあ、こちらへ」

マッツはグスタフを、森のかなり奥《おく》にある湿地《しっち》へ連れていった。ところどころ雪がとけてはぬかるみ、ぬかるんではまた凍《こお》った跡《あと》が見てとれる。

湿地《しっち》のまん中には、立ち枯《が》れた草が残る小さな丘《おか》があった。

マッツは、ここなら春まではだれもこないだろうとうけあい、自分では怪《あや》しまれるから、食べものは近くの信頼《しんらい》できる農夫に運ばせると約束した。

マッツとグスタフは、松の枝を斧《おの》で切って風よけの囲いをつくり、枯《か》れた草の上に毛皮を敷《し》いて新しい寝床《ねどこ》をととのえた。

あと何日、この寝床《ねどこ》で眠《ねむ》らなければならないのか。一刻も早く、レットヴィークへ行きたいのに……。グスタフは焦《あせ》る気持ちを抑《おさ》えながら、ここは我慢《がまん》のしどころだぞ、とあらためて強く自分に言い聞かせた。


それから二日後の早朝、ふたたびマッツがやってきた。

「敵の奴《やつ》ら、このあたりの探索《たんさく》には音《ね》をあげ、あきらめたようで。すっかり、いなくなりました」

マッツの報告を聞くや、グスタフは言った。

「ならば、わたしはすぐにレットヴィークへ行こう。あの村の男たちと話がしたい」

敵が去ったとなれば、もう森の中でじっとしている必要などない。

グスタフはこの数日のあいだ考えに考えたあげく、多少の危険は冒《おか》しても、やはりできるだけ早く人前に出ていって、スウェーデンのために立ちあがろうと呼びかけなければならない、と心をきめていた。

「では、道を案内します」マッツは言った。

グスタフは森の中の道を、マッツについて歩いていった。

やがて冬の短い日が暮れかかると、グスタフはもくもくと前を行く男に話しかけた。

「暗くなると、帰り道がわからなくなるだろう？」

「だいじょうぶです。もうすぐ月があがります。信用できる人のもとへグスタフさまを送り届けるまでは、おれは帰りません」

じきに日が沈《しず》み、代わりに森の上には半月に近い月が顔を出した。雪道を照らす月の光は、意外と明るい。

しばらくして森を抜《ぬ》けると、道沿いに小屋の明かりが見えてきた。ふたりは足を早めて、その明かりをめざした。

小屋にたどりつくとマッツは扉《とびら》をそっと叩《たた》き、出てきた老人にふた言三言、話をした。そして老人から小さな松明《たいまつ》を受け取ると、グスタフを振《ふ》り向いて別れを告げた。

「グスタフさま、どうか、ご無事で」

「おまえもな」

「再会の日が近からんことを」

「ありがとう」グスタフは感謝の気持ちをこめてマッツの手を握《にぎ》り、足早に去っていくうしろ姿を見送った。

グスタフが小屋の中の丸椅子《まるいす》に腰《こし》をおろしたとき、教会の鐘《かね》が聞こえてきた。夕べの祈《いの》りの時間なのだ。

「教会が近いようだな。レットヴィーク村の教会か？」グスタフは、たしかめるように老人に尋《たず》ねた。

「ええ、遠くはありません。明日、いっしょに教会へいらっしゃればわかりますよ」白髪《しらが》の老人は、しわの刻まれた口元をゆるめて静かにこたえた。

8　説得

ダーラナ地方のほぼ中央に位置するシリアン湖は、面積およそ三百平方キロメートルの、スウェーデンで六番めに大きな湖である。湖畔《こはん》には、いくつもの小さな町や村が点在していたが、グスタフがめざすレットヴィーク村は、その湖の東岸にあった。

村のはずれ、湖に面して立つレットヴィーク教会は、白壁《しらかべ》に黒屋根が美しい、その歴史を十三世紀までさかのぼれる由緒《ゆいしょ》ある教会だ。湖を小舟《こぶね》でわたってくる信徒のための桟橋《さんばし》や舟泊《ふなど》まり、馬で訪れる信徒のための宿坊《しゅくぼう》の小屋も用意されている。地元の人々にとっては、宗教上の施設《しせつ》というだけでなく、さまざまな情報をやりとりできる、だいじな集会の場でもあった。

その日は、クリスマスまでもう十日もない日曜日だった。

ミサがおわり、教会の外では、つばのあるフェルトの帽子《ぼうし》をかぶった男たちや、厚手の布を頭に巻いた女たちが、雪の上で立ち話をしていた。

めずらしく真冬の太陽が低い雲間から顔を出し、弱々しいながらも細く長い光を投げかけている。白い雪の上には、人々の足元から針のような影《かげ》がのびていた。

そうした影《かげ》の合間を縫《ぬ》うようにして、突然《とつぜん》、見たことのない若者が人々の前に進み出た。今朝、村はずれに住む老人が連れてきた男らしい。

若者は階段をとんとんとあがり、教会の正面入口に立つと、よく通る声で人々に語りかけた。

「みんな、少し、わたしの話を聞いてくれないか？」

人々はおしゃべりをやめ、なんだろうと興味津々《きょうみしんしん》の顔つきで若者を振《ふ》りあおいだ。

「クリスチャン王が賞金をかけ、必死になってさがさせているグスタフ・エリックソン・ヴァーサとは、わたしのことだ」

若者がこう言ったとたん、人々のあいだにどよめきが広がった。

どの顔にも、この若者があのグスタフ・ヴァーサなのか？　というおどろきの表情が浮《う》かんでいる。

グスタフは一同をゆっくりと見まわしてから、つづきを話しはじめた。

「なぜ、クリスチャン王はそこまでして、このわたしを捕《とら》えようとするのか？　人質だったわたしが、デンマークから逃《に》げ出したからか？　もちろん、それもある。だが、それだけではない。つまりは、わたしが邪魔《じゃま》だからだ。デンマークの圧政から、この国の人々を解放しようとする、このわたしが――。クリスチャン王は、抗《あらが》うスウェーデン人を、根こそぎ殺すつもりなのだ！」

人々は固唾《かたず》を飲んで聞き入っている。

山から吹《ふ》いてくる風が湖面を揺《ゆ》らし、氷の破片が桟橋《さんばし》や小舟《こぶね》の底にあたる音が、グスタフが言葉を切るたびに、ひときわ大きくなる。

真冬の太陽は大儀《たいぎ》そうにゆっくりと低く動いて、雲のあいだに見え隠《かく》れする。

グスタフははっきりとした声で、クリスチャン二世がこの国に手をのばしてから、どんな悲惨《ひさん》なことが起きたかを淡々《たんたん》と語りつづけた。先月はじめにストックホルムの〈大広場〉で起きた、あの虐殺《ぎゃくさつ》事件についても――。

その場にいた人々にとって、ストックホルムの惨劇《さんげき》は初めて耳にする話だった。残酷《ざんこく》すぎる顛末《てんまつ》に、だれの顔にも怒《いか》りと悔《くや》しさが表れている。

グスタフはふたたび人々の顔を見まわしてから、さらに話をつづけた。

「こんな横暴なやり方に、スウェーデン人はなぜ耐《た》えなければならないのだ？　いったい、いつまで我慢《がまん》すればいいのだ？　このままなにもせず、指をくわえて眺《なが》めていては、事態は悪くなる一方だ。

頼《たの》む。どうか、きみたちの力を貸してくれ。クリスチャン王の手から、祖国を取り戻《もど》すために、わたしとともに立ちあがってくれ。ここダーラナは、かつてデンマークと戦い、みごと勝利をおさめたエンゲルブレクトゆかりの地だろう？　きみたちの中には、父や祖父が老ステューレさまにお仕えしたという者もいるだろう？　あるいは、自分自身が若ステューレさまとともに戦ったという者も……。

だったら、いまこそもう一度、愛する祖国のために立ちあがるときじゃないか。きみたちが勇気を出して立ちあがるなら、わたしは命を惜《お》しまず、スウェーデン軍の先頭に立って戦うつもりだ！」

聞いている者たちの中には、「そうとも、すぐにデンマークと戦おう！」と口にする、血気盛《けっきさか》んな若者たちもいた。

だが、年配の男たちは慎重《しんちょう》だった。

「ここにいる者だけでは、きめられない」

「近隣《きんりん》の村にも聞いてみないと」

「とくに、勇猛果敢《ゆうもうかかん》なモーラの連中がなんと言うか……」

「そうだ、そうだ。モーラの連中しだいだな」

これがレットヴィーク村の返事だった。

グスタフは肩《かた》を落とし、口をかたく引き結んだまま、かくまってもらっている老人とともに教会をあとにした。

帰り道を急ぎながら、老人はグスタフに言った。

「レットヴィーク教会であなたが演説をぶったことは、数日のうちにもデンマーク側の耳に入りますぞ」

「わかっている。わたしは、いますぐモーラへ行く」

「ならば行けるところまで、わしの馬《ば》そりでお送りしましょう」

モーラはシリアン湖の北岸にある、ダーラナ地方の要《かなめ》となる町だ。スウェーデン北部へつづく街道と、隣国《りんごく》ノルウェーへ向かう西への街道が分かれる交通の要衝《ようしょう》である。

グスタフを乗せた小さな馬《ば》そりは、湖の北岸に沿った雪道をモーラに向けて走った。時折、馬を休ませはしたが、五十キロ近い距離《きょり》をだれにも見とがめられることなく進み、午後にはモーラの町に着くことができた。

グスタフは町はずれでそりから降りると、老人に小声で礼を述べ、すぐに小さな木の家が立ちならぶ、雪がかき分けられた通りを抜《ぬ》けて、迷わず神父の館へ向かった。スベルドシューのヨン神父から、モーラのヤコブ神父は信頼《しんらい》できる、と聞いていたからだ。

グスタフはヤコブ神父に対面するや、すぐに自分の身分を打ち明けた。

神父は物腰《ものごし》のやわらかい老人だったが、グスタフの話を聞くと眉間《みけん》にしわを寄せ、厳しい見通しを率直に目の前の若者に告げた。

「ヴェステロースの執政官長《しっせいかんちょう》へンリック・フォン・メーレンは、あなたがレットヴィークに現れたと知れば、相当な数の追手をダーラナ地方へ送りこんでくるでしょう。それ以前に、この地方にいる親デンマーク派の者たちが黙《だま》ってはいない。おそらく、この館には、いのいちばんに捜《そう》索《さく》の手が入る。わたしが大のデンマーク嫌《ぎら》いなのは、知れわたっていますから。

かくまってさしあげたいのは山々だが、ここは危険です。代わりに、近くの村に信頼《しんらい》のおける農夫がおりますから、そちらに隠《かく》れるのがまずは安全かと。いまから、すぐにお連れしましょう」

ヤコブ神父は身じたくをととのえると、グスタフとともに馬《ば》そりに乗りこみ、自ら手綱《たづな》を握《にぎ》って、モーラから少し南へくだったところにあるユットメランド村へ向かった。その村の農夫マットゥスを訪ね、グスタフをかくまうよう頼《たの》むためだ。

左手に氷の張ったシリアン湖の岸辺がつづく。凍《い》てついた道に馬のひづめが響《ひび》くなか、グスタフもヤコブ神父も終始無言で、そりの揺《ゆ》れに身をまかせていた。

クリスマス間近のこの時期、昼の時間は一年でもっとも短く、あっというまに闇《やみ》が落ちてくる。松明《たいまつ》の明かりは人目につくが、それも仕方がない。とにかく急ぐに越《こ》したことはない。神父は時折、ムチを鳴らして馬を急《せ》かした。

馬《ば》そりが止まったのは、小さな農家の前だった。

ヤコブ神父は主《あるじ》のマットゥスの顔を見るなり、即座《そくざ》に要件を切り出した。

人のよさそうな小太りの農夫は、その頼《たの》みを快く引き受けた。

「ほかならぬ神父さまの頼《たの》みだ。もちろん、かくまいますとも」

「隠《かく》れるなら、台所の地下蔵がもってこいだよ。あそこなら、そう簡単には見つからないって」

妻のマルギットがあとをつづけた。

「では、クリスマスの朝に教会で。それまで、よろしく頼《たの》む」ヤコブ神父はそう言って皆《みな》の無事を祈《いの》ると、すぐに引きあげていった。

グスタフはさっそく、台所の床下《ゆかした》にある地下蔵に入ってみた。薄暗《うすぐら》く、じめじめしてはいるものの、雪深い森に比べれば天と地ほどの差がある。それに、昼間は台所へあがって手足をのばし、食事を取ることもできる。火の気のあるあたたかい台所は、いまのグスタフにとって、天国にも勝る場所だった。

「グスタフさま、まずは腹ごしらえを」マルギットが声をかけた。「干し肉のスープですが……」

「おお、ありがたい」グスタフは笑顔になって、すぐにこたえた。

「さあ、どうぞこちらへ。スープをあたためるついでに、かまどに薪《まき》を足せば、地下蔵も少しはあたたまるってもんでさ」マットゥスは台所の椅子《いす》をすすめながら、おどけたように笑った。

思いがけない歓待《かんたい》に、グスタフもようやく肩《かた》の力がほぐれていくのを感じた。


数日後、マルギットは朝早くからクリスマス前のビールづくりに精を出していた。大麦麦芽《ばくが》を発酵《はっこう》させてつくる、香草《こうそう》で風味をつけた色の濃《こ》いビールだ。

グスタフは台所の椅子《いす》にすわって、樽《たる》の中でビールが発酵《はっこう》するようすをおもしろそうに眺《なが》めていた。樽《たる》の表面に、ぶくぶくと泡《あわ》が立ってくるのだ。

そんな姿に気づいてか、マルギットはいたずらっぽい青い目をグスタフに向け、うたうように声をかけた。

「もうじき、うまいビールの、できあがり。グスタフさまにも、ぜひ、ごちそう……」

そのときだった。窓の外に、デンマークびいきの村の見まわり役が、どやどやとやってくるのが見えた。

「早く地下蔵へ」マルギットが小声でうながすや、グスタフは床《ゆか》の扉《とびら》を開け、はしごを滑《すべ》りおりた。

マルギットはすぐに床《ゆか》の扉《とびら》を閉めて、力まかせにビール樽《だる》をころがした。

同時に、男たちが入ってきた。

床《ゆか》は一面、水びたし。泡立《あわだ》ったビールのせいで床《ゆか》の扉《とびら》は見えない。

「あーあ、なんてこった！　樽《たる》をひっくり返しちまったよ……。どうしてくれよう、せっかくのビールが……」

両腕《りょううで》を広げてぼやいているマルギットを横目に、男たちは靴《くつ》が汚《よご》れるのをいやがって、すぐさま外へ出ていった。まさか床《ゆか》の扉《とびら》を隠《かく》すために、マルギットがせっかくつくったビールを樽《たる》ごと、わざところがしたなどとは思いもせずに……。

間一髪《かんいっぱつ》で救《すく》われたグスタフは、マットゥスとマルギットのもとで、その年のクリスマスを迎《むか》える。

9
暗殺

モーラの町に、ラスムス・ユーテという若い男が住んでいた。

デンマーク生まれデンマーク育ちの生粋《きっすい》のデンマーク人だが、クリスチャン二世の治世《ちせい》に嫌気《いやけ》がさし、数年前、スウェーデンへわたって若ステューレ総統率いるスウェーデン軍に志願した。念願かなって一スウェーデン兵となったラスムスは、ひるむことなく敵軍と戦い、デンマーク人でありながらたいしたものだと、味方から一目おかれる存在になった。敬愛する若ステューレが亡くなったあとは気力が萎《な》えて軍を離《はな》れたが、その後もスウェーデンにとどまり、結婚《けっこん》してモーラの町に居《きょ》をかまえた。スウェーデン人として生きていく覚悟《かくご》は、とうにきまっていた。

軍にいたころ、総統の側近であったグスタフ・ヴァーサのことは、何度も見かけたことがあった。その勇敢《ゆうかん》さ、聡明《そうめい》さはよく知っている。とくに〈ブレン教会の戦い〉の際、敵軍の的《まと》になることもおそれず、馬上で堂々と軍旗を掲《かか》げていたあの雄姿《ゆうし》は、いまも目に焼きついている。そのグスタフ・ヴァーサが、ダーラナ地方にいるという噂《うわさ》を、数日前、ラスムスは耳にした。

グスタフが……。人質にされていたヴァーサ家の息子が、身の危険を冒《おか》してこのダーラナまでやってきたというのか……。なんのために？　きまっている！　もう一度、ダーラナの民を奮いたたせ、クリスチャン王と戦うためじゃないか！

ラスムスは久々に、血がさわぐのを感じた。

いまでは、すっかり弱腰《よわごし》になってしまったスウェーデン人たちが、もう一度、デンマーク軍に対峙《たいじ》するなら、名実ともに彼《かれ》らをまとめて先頭に立てるのはグスタフ・ヴァーサ、あの男しかいない。それは、まちがいない。だからこそ、クリスチャン王は執拗《しつよう》にあの男のあとを追っているのだ。

ああ、グスタフに会いたい！　会って、もう一度、おれもいっしょに戦うと言いたい！　このままデンマークの圧政がつづけば、人々の暮らしはどうなる？　おれの家族は？　おれなんか、デンマークの裏切り者として、まっ先に殺されるだろう。冗談《じょうだん》じゃない。スウェーデンにとっちゃ、ここが最後の踏《ふ》んばりどころじゃないか。となれば、やっぱり、頼《たの》みの綱《つな》はグスタフ、ただひとり！　ああ、グスタフ・ヴァーサよ、いったい、どこにいるんだ？　このダーラナのどこに……。

そんな心おだやかならぬある日、ラスムスはもうひとつ、聞き捨てならない話を耳にした。在ヴェステロースの執政官長《しっせいかんちょう》ヘンリック・フォン・メーレンが、ニルス・ヴェストヨーテという配下の男をモーラへ送りこんできたというのだ。

ニルスはモーラに着くや、有無をいわさず町長の館に乗りこみ、そこを占拠《せんきょ》してしまった。なんと乱暴なやり方だろうか。

ラスムスは腹にすえかね、いてもたってもいられず、早めの夕食を済ませて町長の館のようすを探りに出かけた。植えこみの陰《かげ》からのぞくと、雪の積もった庭先で、体格のいい仏頂面《ぶっちょうづら》の男が青白い顔の若造に、あれこれ用事を言いつけているのが見えた。あれがニルスと供《とも》の者だろう。

なんだ、たったふたりか……。ラスムスはすっかり拍子抜《ひょうしぬ》けして家へ帰ったが、家族が寝静《ねしず》まると台所の長椅子《ながいす》に腰《こし》をおろし、執政官長《しっせいかんちょう》メーレンの思惑《おもわく》を冷静に分析《ぶんせき》しはじめた。

……賞金までかけたグスタフ・ヴァーサは、なかなか捕《つか》まらない。おそらく在セーテルの執政《しっせい》官《かん》以下、これまでかなりの数の者が探索《たんさく》にあたっただろうに、それでも捕《つか》まえることはできなかった。目的の男がダーラナ地方にいるのはまちがいないのに、だ。となれば、執政官長《しっせいかんちょう》はいま、臍《ほぞ》を噛《か》む思いだろう。ヴェステロースの城で、地団駄《じだんだ》踏《ふ》んで悔《くや》しがっているにちがいない。

だが頭のまわる男なら、少し気持ちが落ち着けば、きっとこう考えるはずだ。むやみやたらと探索《たんさく》の網《あみ》を広げるから、うまくいかないのだ。グスタフ・ヴァーサが本気で決起を画策《かくさく》しているのなら、最後に頼《たよ》るのは、これまでの戦いで勇猛果敢《ゆうもうかかん》な働きをしたモーラの男たち……。だとすれば、グスタフ・ヴァーサは、いずれ必ずモーラに現れる。網《あみ》を張るならモーラだ、と。

ということは……。ああ、もしかしたら、探索《たんさく》の手をいったんはゆるめて、グスタフやその支《し》援者《えんしゃ》たちを油断させ、獲物《えもの》がモーラに現れるのを待つつもりなのかもしれない。メーレンは、モーラでグスタフを生け捕《ど》りにする気か……？　そのために、あのニルス・ヴェストヨーテという、いかつい男を送りこんできた……？

いや、待てよ。あの男は供《とも》の者をひとりしか連れてきていない。それも、自分の身のまわりの世話をさせるだけの、捕《と》りものには使えそうにない青白い若造だ。獲物《えもの》を生け捕《ど》りにするには、もっと人手が必要だろうに。人手はモーラで現地調達するつもりなのか……？

ラスムスはそこまで考えると、ぐっと唾《つば》を飲みこんだ。

ちがう、そうじゃない。ニルスは、グスタフを生け捕《ど》りにするつもりなどない。生け捕《ど》って、ヴェステロースへ送るのではなく……手っ取り早くその場で殺す。暗殺。ニルスは刺客《しかく》だ……。

たいへんだ！　もしそうなら、グスタフの命が危ない。一刻も早く、このことをグスタフに知らせなければ。ニルスが見つけるより先に、おれがグスタフを見つけ……いや、それよりも、ニルスがグスタフを手にかける前に、いっそ、このおれがニルスを……。

ラスムスは、両手の拳《こぶし》をぎゅっと握《にぎ》りしめた。握《にぎ》った掌《てのひら》には汗《あせ》がにじんでいる。

ニルスがモーラへきたことは、もう町では知らない者はいないだろう。まちがいなく、ヤコブ神父の耳にも入っているはずだ。ヤコブ神父は、ニルスという男のことをどう思っておられるのだろう？　あるいは、あの方のことだ、ひょっとしたらグスタフの居場所をご存じなのでは……？

ああ、いますぐヤコブ神父と話さねば……。

いつのまにか、外は夜が更《ふ》けていた。ラスムスはでこぼこの窓ガラス越《ご》しに夜空の星を見あげると、ふうっと大きく息を吐《は》いた。

それから家族を起こさぬよう、そっと身じたくをととのえ、裏口から家を出た。行く先は神父の館だった。

数時間後、ユットメランド村のマットゥスの家の前に、一台の馬《ば》そりが止まった。降りてきたのは、かたい表情のラスムス――ある 謀《はかりごと》を胸に秘めている。謀《はかりごと》の成否は、この家にかくまわれている男が賛同し、手を貸してくれるかどうかにかかっていた。

翌朝、クリスマスまであと数日という日、モーラの町で、ひとつの事件が起きた。町長の館の庭先で、ニルス・ヴェストヨーテと供《とも》の者が死体で発見されたのだ。夜のあいだに何者かが忍《しの》びこみ、庭へおびき出して刺殺《しさつ》したらしい。

ふたりを殺した手ぎわのよさと現場の跡《あと》から、剣《けん》の扱《あつか》いに慣れたふたり組のしわざではないかと、町ではもっぱらの噂《うわさ》になった。

10　失意の旅人

夜が明けた。クリスマスの朝だ。冷たい北風が吹《ふ》きつけるなか、東側の山のあたりがようやく白《しら》みはじめ、モーラ教会の高くそびえる塔《とう》の黒い屋根や、赤く塗《ぬ》られた木造の鐘楼《しょうろう》が、白い雪景色の中にぼんやりと浮《う》かびあがった。

早朝のミサがおわり、人々が教会の外へ出てきた。だれもがすぐには帰らず、親戚《しんせき》や友人とあいさつを交わしている。不穏《ふおん》な殺人事件はあったものの、どうにか無事にクリスマスを迎《むか》えられたという安堵《あんど》の表情が、どの顔にも表れていた。クリスチャン二世がスウェーデン王位に就いたことで、長かったデンマークとの戦いに終止符《しゅうしふ》が打たれ、久しぶりにおだやかな気持ちで年を越《こ》せそうだと……。

ところがそのとき、人々の和《なご》やかな雰囲気《ふんいき》を打ち破るように、力強い男の声があたりに響《ひび》いた。

「モーラの諸君！　わたしの話を聞いてくれ！」

振《ふ》り向くと、そこにグスタフ・エリックソン・ヴァーサの姿があった。それがだれなのか、皆《みな》がすぐにわかった。この男がクリスチャン王に追われていることも、もちろん承知だ。九日前のレットヴィーク教会での一件は、すでにモーラの人々の耳に入っていた。

グスタフは人々の好奇《こうき》に満ちた視線に臆《おく》することなく、真剣《しんけん》なまなざしで堂々と話しはじめた。

「いつまで耐《た》えればいいのだ？　我々スウェーデン人は、この国にスウェーデン人として生まれたのではなかったのか？　これまでデンマーク王の圧政にどれほど苦しめられてきたかを、老いた者たちは記憶《きおく》しているだろう。若い者は、その苦労話を何度も耳にしてきただろう。デンマークからの独立を勝ち取るために、わたしたちの父や祖父が、祖先が、命をかけて戦ってきたことも……。エンゲルブレクト、老ステューレ、そして今年のはじめ、敵の砲弾《ほうだん》に倒《たお》れた若ステューレ総統のことも……。

先人たちが何度も敵に抗《あらが》ってはを守ろうとしてきたものが、いまや完全に葬《ほうむ》り去られようとしている。きみたちの日々の暮らしも、もう安心安全ではない。じきに、新たな重税がきみたちに課せられるだろう。デンマークの圧政に苦しめられる不幸が、この国で、またもやくり返されるのだ。十一月のはじめ、百人ものスウェーデン人が、ストックホルムの〈大広場〉で殺された。貴族や聖職者が……わたしの父も、義弟も首を切られ……」

グスタフは一瞬《いっしゅん》、そこで言葉に詰《つ》まった。クリスチャン王の言葉にまんまとだまされたことに気づいた父たちは、どんなに無念だっただろう。その場で人質にされた母や妹たちは、抵抗《ていこう》する術《すべ》もなく、どれほどおそろしかったことか……。

胸の中に去来《きょらい》するさまざまな思いをぐっと抑《おさ》え、唾《つば》を飲みこむと、ふたたびグスタフははっきりとした大きな声で話しはじめた。

「……ストックホルムの〈大広場〉で流された血を、無駄《むだ》にしてはならない。きみたちダーラナの農民軍は、いつの時代においても、勇猛果敢《ゆうもうかかん》で、けっして敵に背を向けるような臆病者《おくびょうもの》ではなかったはずだ。心あるスウェーデン人の目が、いま、きみたちにそそがれている。なぜなら、きみたちこそが、この国を我々スウェーデン人の手に取り戻《もど》す要《かなめ》だからだ。

ステューレ家の血をひくわたしは、いまこそ、よろこんできみたちの先頭に立ちたい。きみたちの武器が敵の手に取りあげられる前に、きみたち自身がデンマーク兵として駆《か》りたてられる前に、クリスチャン王という暴君に対して、勇気を出して、わたしとともに立ちあがってくれ。

きみたちがともに戦ってくれれば、勝機は必ず訪れる。手遅《ておく》れになる前に、いまこそ、敵の奴《やつ》らに、勇敢《ゆうかん》で正義感あふれる、真のスウェーデン人魂《だましい》を見せつけるのだ！　この国を支配するのはデンマーク人ではなく、この国を心から愛し、未来を築こうとするスウェーデン人であることを、いまこそ知らしめるのだ！」

グスタフが話しおえると、聴衆《ちょうしゅう》はざわめきたった。

「ただちに立ちあがろう！」

「もう黙《だま》ってはいられん！」

つぎつぎと、息まく男たちも現れた。

けれども、こんなことを口にする者も少なくなかった。

「いまの話、すぐには信じられん」

「ああ、クリスチャン王は、スウェーデンの貴族には冷たいが、農民にはやさしいって聞くぞ」

「極悪非道《ごくあくひどう》な為政者《いせいしゃ》だ、と〈独立派〉の貴族たちが噂《うわさ》を流しているだけだって話よ」

「たしかに、おれたちダーラナの民は長いあいだ、祖国のために戦ってきた。けど、もう戦《いくさ》はこりごりだ」

「若ステューレさまも、もうおられんしな……。若ステューレさまにならば、迷わずついていくが……」

「そうよ。この国をちゃんと治めてくれるなら、デンマーク人の王さまでも、べつにいいんじゃないの？」

「きみたちは、甘《あま》い！」グスタフは思わず言葉をはさんだ。「クリスチャン王の約束など、どうして信じられよう？　わたしの父たちをだまし討《う》ちにしたのだぞ！　貴族には冷たいが、農民にはやさしいだと？　それこそ、敵が流している偽《にせ》情報じゃないか！　みんな、目を覚ませ！　これからは貴族だろうと農民だろうと、スウェーデン人は搾取《さくしゅ》される一方になる。土地も財産も奪《うば》われ、農民も鉱夫も商人も、男も女も、老いも若きも、スウェーデン人は皆《みな》、奴隷《どれい》のように働かされ、役に立たなくなれば殺されるんだ……。

　きみたちは、それでも、かまわないというのか？　どんな悲惨《ひさん》な目に遭《あ》おうと、戦いさえなければいいと……？　そんなもの、真の平和ではない。偽《いつわ》りの平和だ！　さあ、よく考えてくれ。

これが最後の機会なのだ。いま、立ちあがらなければ、勝機は永遠に失われる……」

人々のあいだで、長い話し合いがつづいた。

グスタフはもう言葉をはさまず、結論が出るのをじっと待っていた。

耳元で風がヒューヒューと鳴っている。湖の西側に広がる森のほうから、低く厚い雲が流れてくる。このぶんでは、午後にはまた雪になるだろう。

やがて、人々のぼそぼそとした声がやみ、一同がふたたびグスタフのほうへ顔を向けた。皆《みな》の意見をまとめたのだろう、長老格の男が背筋《せすじ》をのばすと、真剣《しんけん》な顔つきでグスタフにこう告げた。

「お待たせしたが……。話し合いの結果、我々は、クリスチャン王の約束を信じることにした。残念だが、あなたさまに力をお貸しすることはできません。どうか、命を大切になさってください。すぐに、ここからお逃《に》げになるのが、御身《おんみ》のためかと……」

そのこたえを聞くが早いか、グスタフは無言で、かたい表情のまま走るようにその場から立ち去った。

教会の扉《とびら》の陰《かげ》で一部始終を見守っていたヤコブ神父は、遠ざかる背中に向かい、無事を祈って十字を切ることしかできなかった。

グスタフが教会の外の道へ出たところで、ひとりの男が現れた。

「うまくいかなかったな……」

ラスムス・ユーテだった。

グスタフが無言でうなずくと、ラスムスは悔《くや》しさをにじませて言った。

「モーラの奴《やつ》ら、なんて臆病《おくびょう》な……。こっちは先手必勝と、刺客《しかく》のニルスを亡き者にして態勢をととのえたのに……」

「ああ、自分たちの首に刃《やいば》が押《お》しあてられないうちは、目が覚めないいんだろう。こうなったからには……もう、わたしは用済みだな」

「待ってくれ。もう一度、おれが皆《みな》を説得するから。必ず、してみせるから！」ラスムスは必死に食いさがった。

グスタフはラスムスの真剣《しんけん》な顔を見て、最後の望みを託《たく》すことにした。

「わかった。待とう。だが、三日が限度だ。クリスマスの休みがおわれば、ニルス殺害の噂《うわさ》が広まり、デンマーク側の調べがはじまるだろう。わたしへの探索《たんさく》もふたたび厳しくなるはずだ。三日後の朝まで、わたしは隣村《となりむら》の橋の下で待つ。それまでにおまえが現れなかったら、わたしはノルウェーへ逃《のが》れる」

グスタフの言葉に、ラスムスは大きくうなずくと、踵《きびす》を返して立ち去った。

町はずれに止めた馬《ば》そりに戻《もど》ると、グスタフはすぐに持ちものをまとめ、そりで待っていたマットゥスとマルギットにあわただしく別れを告げた。クリスチャン王に歯向かう意志を、モーラでも明らかにしてしまったいま、これまで以上に事態は深刻だった。

このふたりに、これ以上、迷惑《めいわく》はかけられない。あの残忍《ざんにん》なクリスチャン王が、グスタフ・ヴァーサを許すはずがない。わたしをかくまっているところを見つかれば、このふたりも、その場で殺されるかもしれない……。

グスタフは荷物を背負うと、ひとり、とぼとぼと雪道を隣村《となりむら》へ向けて歩きだした。マットゥスの馬《ば》そりが、脇《わき》をゆっくりと追《お》い抜《ぬ》いていく。マルギットがちらりと振《ふ》り返ったが、グスタフはうつむいたまま、目を合わせなかった。

そりの鈴《すず》の音《ね》が物悲しく耳に響《ひび》き、それもやがて雪道の向こうに消えていった。隣村《となりむら》に入ると、グスタフは村を流れる小川の橋の下にもぐりこんだ。太い木の橋げたが、どうにか風を防いでくれる。寒さはこたえるが、それよりも真にこたえたのは、モーラの男たちが自分といっしょに立ちあがってくれなかったことだった。

つらい時間が過ぎた。三日めの朝になっても、ラスムスは現れなかった。

やはり、だめだったか……。あのラスムスをしても、皆《みな》を説得できなかったとは……。グスタフは、厳しい現実を受け入れざるをえなかった。

こうなっては、もうこの国に、わたしがいる意味はない。隣国《りんごく》ノルウェーへ逃《のが》れるしか、道は残されていない。ノルウェーだって、まるっきり安全とはいいきれないが、このままスウェーデンに残り、デンマーク側の手にやすやすと捕《つか》まるよりましだ。とにかくいまはノルウェーへ逃《のが》れて、しばらくは山奥《やまおく》に身を隠《かく》し、先のことを考えよう。さらばだ、ラスムス。

グスタフはまだ未来への望みを捨ててこそいなかったが、いちばん頼《たよ》りにしていたモーラの民にまで蜂起《ほうき》を完全に拒絶《きょぜつ》され、さすがに、これまでに味わったことのない絶望感に押《お》しつぶされそうになっていた。

モーラの隣村《となりむら》を出発したグスタフは、流れくる東ダール川沿いをさかのぼり、雪道を北西へ向かった。雪の山道を歩きに歩いてオックスベリ村までくると、農家の納屋で一夜を明かし、その家の主《あるじ》から、ひと組の古びたスキー板と一本杖《いっぽんづえ》のストックを買った。これから進むのは、人目につかない、さらに雪深い森の中の間道《かんどう》だ。スキーがあれば、本当にありがたい。

木の板を荒《あら》く削《けず》っただけの幅《はば》の狭《せま》いスキー板を両足に履《は》くと、グスタフはストックで雪を突《つ》きながら、森の中へ入っていった。

ここは、ノルウェー国境に近い山岳《さんがく》地帯からダーラナ地方を流れ、やがて一本の大河となる東西ダール川のあいだに広がる森。人家《じんか》などまったくなく、ところどころに壊《こわ》れかけた木こり小屋があるだけだ。失意の旅人は、そうした小屋で時折、体を休めた。

その夜は、消し炭が残っていた小屋で火をおこし、かろうじて暖《だん》を取った。

ちろちろと燃える、頼《たよ》りなげな赤い小さな炭を眺《なが》めているうちに、グスタフはふと、幼いころリードボーホルム城の居間で、父親によく言われた言葉を思い出した。

――グスタフ、炭を無駄《むだ》にしてはいかんぞ。小さな消し炭でさえ、いつ何時《なんどき》、おまえの役に立つかわからんのだから――

なつかしい父の声が、耳の奥《おく》で、いま、はっきりと聞こえる。

――いいか、グスタフ。何事も、小さなことの積み重ねなのだ。燃え残りの小さな炭も、寄せ集めれば大きな火力となる。この国の安寧《あんねい》も同じだ。我々が日々、心を寄せて努力していなければ、平和など、あっというまに壊《こわ》れてしまう。ひとりひとりの意志が合わさって、国としての強い力となるのだ。なにも実戦に備えるばかりではない。一部の〈同盟派〉の者たちのように、甘《あま》い態度で敵に隙《すき》を見せていては、すぐにつけこまれ、この国は内側から崩《くず》れてしまうのだ――

いまは亡き父のことを思うと、グスタフは自分の非力《ひりき》が情けなくてたまらなかった。わたしは、なんの役にも立たなかった。ダーラナの人々を奮起させることもできず、命からがら祖国から逃《に》げ出していく、こんな身の上になるとは、あまりに不甲斐《ふがい》ない……。

グスタフは自分を責めた。責めれば責めるほど、ますます悔《くや》しさがつのる。

「くそっ！」

悔《くや》しまぎれに、小さな炭を小枝で何度もつついた。

「いったい、なにをやっているのだ、わたしは……？」

ひとりごとをつぶやきながら、くり返しつついているうちに、いまにも消えそうになっていた炭のかけらがパチッとはじけた。明るい火が、ぼうっとともる。小枝を足すと、さらに火は明るく、大きくなっていった。

父上の言っていたとおりだ。あきらめてはいけない。希望を捨ててはいけない。頼《たよ》りない燃えかすのような炭でも、まだ使い道はある。

グスタフは小さな炭に自分の身を重ね、自らを無理やり鼓舞《こぶ》した。


雪はひと晩じゅう、降ったりやんだりをくり返した。

翌朝、グスタフは深い森を西の方角へ抜《ぬ》け、西ダール川沿いのリマ村までやってきた。

その日は今年最後の日曜日にあたり、小さな村の教会でも、おごそかに朝のミサが行われていた。グスタフはスキーを脱《ぬ》ぐと雪の中に立て、教会の外壁《そとかべ》に近づき、静かに流れてくる人々の祈《いの》りの声に耳をかたむけた。

凛《りん》とした冬の空気に、鐘《かね》の音《ね》が響《ひび》きわたる。祖国の教会の鐘《かね》の音《ね》を聞くのも、これが最後になるのだろうか……。

ミサがおわっても、しばらくのあいだ、グスタフは教会の外壁《そとかべ》にもたれて立っていた。

村人たちが出てきて、寒さに背中をまるめて足早に帰っていく。そのうしろ姿を見送りながら、自分にはもう帰る場所がないのだ、自分は本当にひとりぼっちになったのだ、とあらためて思った。

とはいえ、人恋《ひとこい》しさからだれかと口をきく気もしなかった。祖国のために戦おう！　と、いまさら説《と》いても無駄《むだ》なこと。

グスタフは、薄紅色《うすべにいろ》の空の下に広がる谷間の景色をしみじみと眺《なが》めた。

ようやく明けはじめた朝焼けの空の色を反射して、白い雪の斜面《しゃめん》も淡《あわ》いピンク色に染まっている。雪をかぶったトウヒの枝は真冬でも緑を保ち、まるで谷全体が命の息吹《いぶき》を内に秘めて、新しい季節の訪れをじっと待っているようだ。

美しい。この国は本当に美しい。花が咲《さ》き乱《みだ》れる春も、光がさんさんと降りそそぐ夏も、森の木々が赤や黄色に染まる秋も、そして雪に包まれる冬のこんな殺風景《さっぷうけい》な景色ですら、この国は本当に美しい。

これからどこへ行こうとも、祖国スウェーデンの森と川、原野と湖の景色ほど、美しいものに出会うことはないだろう。できることなら、いつまでも、ただ、この景色を眺《なが》めていたい……。

グスタフの目から、思わず涙《なみだ》があふれそうになった。

そのとき、教会から出てきた子どもが振《ふ》り返り、手を引く大人に向かって、「ねえ、だれかいるよ」とささやいた。

その無邪気《むじゃき》な声が、グスタフを現実に引き戻《もど》した。

11　雪原《せつげん》を行け！

暮れも押《お》しつまったある日、衝撃的《しょうげきてき》な知らせが相ついでモーラの町にもたらされた。

ひとつめは、ラーシュという男が運んできたものだった。

ラーシュは以前、若ステューレ総統の指揮下、モーラの男たちとともにデンマーク軍と果敢《かかん》に戦った経験があり、当然のことながら、クリスチャン王にしたがう気などさらさらない男だった。デンマーク側の人間に見つかるのをおそれて、長いあいだ、森の中を転々としてきたが、新しい国王のあまりに非道な行いを知り、そのことをダーラナ地方の古い戦友たちに伝えなければという使命感に駆《か》られ、ついにモーラに姿を現したのだ。

モーラの男たちは、昔なじみのラーシュがグスタフと同じことを言うのに、正直、戸惑《とまど》った。

「そうはいっても、今度のクリスチャン王は、実は農民にはやさしいというじゃないか？」ひとりの男がこう切り返すと、ラーシュはあきれて声を荒《あら》らげた。

「農民にはやさしいだと？　ばか言うな。この国のあちこちに、絞首台《こうしゅだい》を用意させてる野郎《やろう》だぞ。あいつの野望は、ひとりでも多くのスウェーデン人の首を吊《つ》るすか、切り落とすかすることなんだ。スウェーデンの農民に、『全員、武器を放棄《ほうき》しろ』と命じやがった。そのうえ、味方の兵を養うために、さらなる重税を課す命令書にも署名したぞ」

ラーシュの話を聞き、モーラの男たちは、「グスタフ・ヴァーサの言ったことは本当だったのか……」と口々につぶやいた。

「なんだと？　グスタフさまがここにいらしたのか？」ラーシュはおどろいて聞き返した。

「ああ、ちょうどクリスマスにな」べつの男がこたえた。「ミサのあと、教会の前で、いっしょにスウェーデンのために立ちあがってくれと言われたが、おれたちはどうしたらいいかわからなくて……。クリスチャン王の約束を信じることにすると告げたら、黙《だま》ってどこかへ行ってしまった……」

するとラーシュは大きくため息をついた。

「まったく、おまえたち、なにをやってるんだ？　グスタフさまを追っぱらうなんて、どうかしてるぜ。あの方は、ステューレ家の血をひいてるんだぞ。しかも、あの方ほど、若ステューレさまが頼《たよ》りにしていた側近はいないんだ。勇敢《ゆうかん》で機転が利《き》き、軍事にも長《た》けておられる。人質にされていたから、デンマークの事情にも、だれより詳《くわ》しい。おれたちには、いまこそ、あの方の知恵《ちえ》と力が必要なんだ。おれたちがグスタフさまのもとに結集できなければ、この国は未来永劫《みらいえいごう》、デンマークのいいようにされてしまう。グスタフさまこそ、スウェーデンにとって最後の望みといっていい」

ラーシュの話を聞きおえると、モーラの男たちは皆《みな》、頭を抱《かか》えこんだ。自分たちは、なんと愚《おろ》かなことをしてしまったのか……。

さらにモーラの人々を動揺《どうよう》させたのは、インゲという、これもまた昔なじみの男からの知らせだった。

インゲもデンマーク側に捕《つか》まるのをおそれ、ストックホルムからずっと森の中を通って、モーラまで逃《に》げのびてきたのだ。

インゲは、自分が見聞きしたストックホルムの〈大広場〉での虐殺《ぎゃくさつ》について詳《くわ》しく話した。

「……まさに地獄絵図《じごくえず》だった。〈大広場〉は血の海と化してな。しかも、そこには絞首台《こうしゅだい》も用意されていて、首を切られた者だけでなく、首を吊《つ》られた者もいた。おまけに殺された貴族たちの妻子は、その場で捕《とら》えられ、人質にされちまった。若ステューレさまの奥方《おくがた》までもが、人質としてデンマークへ送られることに……」

「なんて、ひどい……」女たちの目に悔《くや》し涙《なみだ》が浮《う》かんだ。

「それだけじゃない、まだあるぞ」インゲはさらに話をつづけた。「クリスチャン王は、若ステューレさまの遺体を、近くの修道院にある墓から掘《ほ》り出させ、火にくべて燃やしたんだ。そして、その灰を海に捨てた……」

さすがにこの話には、女たちばかりか、屈強《くっきょう》なモーラの男たちも涙《なみだ》を流して悔《くや》しがった。

若ステューレさまは、自分たちダーラナ地方の農民兵をとても大切にしてくれたのに、奥方《おくがた》を人質にしたあげく、墓をあばいて遺体を焼き捨てるとは悪魔《あくま》の所業《しょぎょう》にも等しい。

男たちは、つぎつぎと声をあげた。

「そこまでされて、黙《だま》っていられるか？」

「こうなったら腹をきめて、クリスチャン王と戦うしかない」

「そうだ！」

「戦うぞ！」

「しかし、それには、あの方を呼び戻《もど》さないと……」

「グスタフさまは、どこだ？」

「もう、この近くにはいないはず……」

「スウェーデンにいては、命が危ないからな」

「となれば、おそらく、ノルウェーへ逃《のが》れるつもりか」

「ああ、ラスムスの話じゃ、ノルウェーへ向かったと」

「ならば、あとを追うのだ。スキーで追いかければ、まだ間に合うかもしれん」ラーシュが語気《ごき》を強めて言った。「スキーの得意な奴《やつ》はだれだ？」

「よし、それなら、おれたちが行く」

「スキーの滑走《かっそう》ならまかせろ」

名乗りをあげたふたりの男は、すぐさましたくに取りかかった。もちろん、皆《みな》も手を貸した。

スキー板の裏にいまの雪質に合うロウを塗《ぬ》り、背負い袋《ぶくろ》には当座の食べものを目いっぱい詰《つ》めこんだ。松明《たいまつ》と防寒の準備も完璧《かんぺき》だ。

「よし、出発だ」

「気をつけて、だが、急いで行け」ラーシュが、ふたりの顔をまじまじと見て言った。「そして、いいか、グスタフさまに追いついたら、こう言うんだ。モーラの者たちは皆《みな》、後悔《こうかい》して、この国の未来のために戦う気持ちになっています。あなたについていきます、と」

「合点《がってん》だ」

ふたりの男は、スキーを履《は》いて出発した。降《ふ》りしきる雪の中、休むことなく先を急ぎ、通過する村々で、背の高い、金髪《きんぱつ》に青い目の、芯《しん》の強そうな若者を見なかったかと尋《たず》ねた。けれども、かんばしいこたえは、なかなか得られなかった。

その消息がようやく聞けたのは、オックスベリ村までできたときだった。

「その男なら、二、三日前だったか、うちの村でスキーを買ったぞ」

「そのあと、スキーを履《は》いて森の中の道を行ったようだが……」

「ああ、そうだった。東ダール川と西ダール川をへだてる、あの深い森の中へ入っていったぞ」

追いかける男たちは顔を見合わせると、「行くぞ！」と大きくうなずき、森へと急いだ。

雪は深く、道はけわしい。

途中《とちゅう》、新雪に埋《う》もれた木こり小屋をのぞくと、最近、人が立ち寄った跡《あと》が見られた。つぎの木こり小屋にも、同じような跡《あと》があった。

おそらくグスタフさまだろう。グスタフさまであってほしい。ふたりの男は祈《いの》るような気持ちで、また先を急いだ。

昼夜兼行《ちゅうやけんこう》、やがて、ふたりはリマ村へたどりついた。

村でグスタフについて尋《たず》ねると、こんなこたえが返ってきた。

「その男なら、日曜日に教会の脇《わき》に立っていたぞ。かなり長いこと、谷のほうをしみじみ眺《なが》めていたな」

「そのあと、スキーを履《は》いて森へ向かったぞ。森に隠《かく》れるつもりか、それとも川沿いの道をたどって、密《ひそ》かにノルウェーへ入るつもりか……」

「もしもそうなら、国境を越《こ》える前に追いつかないとだめだ。勝手に国境を越《こ》えたとなれば、おまえらも面倒《めんどう》なことになる」

追いかける男たちは、「よし、急ごう!」と、ふたたびスキーを蹴《け》り出した。

西ダール川に沿って北上する。

谷間から川の流れる音があがってくる。急流は真冬でも凍《こお》らない。谷の向こうには、ノルウェーの山々が黒い影《かげ》のようにそびえている。

国境の手前に、村はあとひとつしかない。セーレン村だ。

「そこで追いつけなければ、もう無理か……」

「なにを言う、あきらめるな！」

男たちは、さらに力をこめてストックを突《つ》き、スキーを履《は》いた足を前へ前へと進めた。

粉雪が舞《ま》いあがる。吐《は》く息も白くあがる。

下り坂では体重を乗せて一気に滑《すべ》りおりるが、すぐにまたきつい上り坂になる。太腿《ふともも》が張る。ふくらはぎが痛い。だが息をととのえ、足を休ませている暇《ひま》などない。急げ、とにかく急ぐのだ。

急な坂をのぼりきり、カーブを大きくまわると、ゆるやかな下り坂にさしかかった。

雪の上に、二本の線がまっすぐにのびている。

スキーの跡《あと》だ。まだ新しい。グスタフさまのものだろうか。そうだとすれば追いつける。グスタフさまのものであってほしい。

しばらくして小さな森を抜《ぬ》けると、視界が一気に開け、広い雪原《せつげん》に出た。向こうの丘《おか》のふもとに、ぽつぽつと人家が見える。煙突《えんとつ》から細い煙《けむり》があがっている。

あれがセーレン村だ。

そのとき、村へとつづく雪壁《せっぺき》のあいだの一本道を、スキーで進む男のうしろ姿が目にとまった。

あれは……？　あれこそ、グスタフさまだ！　そうにちがいない！

ふたりの男は、声をかぎりにさけんだ。

「グスタフさま――――！」

「グスタフさま、お待ちくださ――――い！」

声はこだまとなって、まっ白な雪原に響《ひび》きわたり、あたりの静寂《せいじゃく》を打ち破った。

そのこだまは、先を急ぐスキーを履《は》いた旅人の耳にも届いた。

グスタフは、はっとして振《ふ》り向いた。

ふたりの男がスキーで追ってくるのが見える。

「グ、ス、タ――――フ……！」

男たちは、たしかに自分の名を呼んでいる。

あれは、わたしを捕《つか》まえにきた敵か？　それとも、味方が迎《むか》えにきてくれたのか……？

グスタフが迷っているうちに、男たちは距離《きょり》をちぢめ、ふたりの声がよりはっきりと聞こえるようになった。

「グスタフさま、どうか、戻《もど》ってきてください。モーラの者たちは、ばかでした。おれたちには、あなたが必要だ！」

「モーラの者たちは皆《みな》、後悔《こうかい》して、この国の未来のために戦うと言っています。あなたに、ついていきます。おれたちは、あなたと同じ、誇《ほこ》り高きスウェーデン人だ！」

グスタフは、ついに足を止めた。

これは夢か？　あまりの疲労《ひろう》に、そうあってほしいと願う場面を幻《まぼろし》に見ているだけではないのか？

モーラからきた男たちは、まもなく雪壁《せっぺき》のあいだにぽつんと立っているグスタフに追いつき、まっすぐにその目を見て言った。

「ああ、間に合ってよかった。グスタフさま、さあ早く、モーラへ戻《もど》りましょう」

「いつ敵が現れるか知れません。一刻も早く、味方の待つモーラへ……」

グスタフの胸に熱いものがこみあげてきた。これは夢でも幻《まぼろし》でもない。現実だ。ついにモーラの男たちが、ダーラナの民が、祖国のために立ちあがってくれたのだ。

グスタフはあふれそうになる涙《なみだ》をこらえ、唾《つば》をぐっと飲みこむと、すぐにこう応じた。

「もちろんだ。急ぎモーラへ引き返そう」

三人はスキーの向きを変えるや、もときた道を全速力で進みはじめた。モーラまでは、およそ九十キロ。敵に襲《おそ》われる前に、力つきる前に、モーラの町にたどりつかねばならない。

広い雪原をつっきると、三人は進路を東へ取った。

ここからは雪深い森が延々とつづく。凍《こお》った沼地《ぬまち》を横に見、小川の氷をわたり、雪をかぶった針葉樹のあいだを縫《ぬ》って、ひたすら先を急ぐ。

時折、雪だまりに足を取られるが、ころんでなどいられない。

さあ、立て。進め。前をしっかり見て進むのだ。

白い息を吐《は》き、力強く雪を蹴《け》りながら、グスタフは考えをめぐらす。

モーラへ着いたら、まずは人を集めなければなるまい。モーラの男たちが立ちあがったと聞けば、レットヴィーク、レクサンド、オーシャ、エルヴダーレン、ガクネーフ、オール——シリアン湖近隣《きんりん》の村々からも、ぞくぞくと人が集まるだろう。とにかく、戦いに参加できる男たちをモーラに集めるのだ。

そして、すぐに会議を開こう。その席で、スウェーデン軍を束ねる指揮官に、わたしを選ばせる。

わたしが指揮官として号令をかければ、さらに兵の数はふくらむだろう。モーラまでくる途《と》中《ちゅう》、わたしを助けてくれた心ある者たちも、きっと駆《か》けつけてくれるにちがいない。

グスタフの脳裏《のうり》に、馬をあずけた農夫や道案内をしてくれたインゲムンド、かくまってくれたスヴェンやオロフソン家の人々の顔が浮《う》かんだ。それからバールブローやシャスティといった、気丈《きじょう》で機転の利《き》く頼《たの》もしい女たちの顔、真の友と呼べるヨン神父の顔も……。

グスタフは感謝の念で胸がいっぱいになったが、気持ちを引きしめ、さらに考えをめぐらした。

軍を束ねたら、わたしは一部隊を率いてファールンへ行き、あの町の執政官《しっせいかん》を人質に取る。そして、クリスチャン王に税として送られることになっている金《かね》を手に入れる。それを部下に与《あた》え、士気を高めるのだ。

デンマークの商人たちが持っている品々も、すべて押《お》さえよう。その中には布地もあるだろうから、それで軍旗をつくらせる。旗を縫《ぬ》うのは、女たちの手を借りる。食料の調達も女たちに頼《たの》もう。

リューベックのハンザ商人に連絡《れんらく》をつけ、さらなる軍資金を送らせることも忘れるな。集まってくる男たちの軍事訓練もしなければ。

武器の準備《じゅんび》も急がせよう。これからの激しい戦いを思えば、武器はいくらあっても困ることはない。時間とともに、ほかの地方からも人が集まり、兵の数は数千にまでなるはずだ。

鉱山や製鉄所も、敵の破壊《はかい》工作から守らねばなるまい。

そして、戦いの作戦を周到《しゅうとう》に練りあげること――。

生まれながらの勇敢《ゆうかん》な戦士、有能な戦略家であるグスタフ・ヴァーサは、頭の中でつぎつぎと計画を立てていった。

東ダール川沿いに山道をくだるころになって、雪が激しくなった。風もいちだんと強まった。三人の男たちは身を寄せあうようにして、向かい風の中を突《つ》き進んだ。

急げ、とにかく急げ。モーラまで、あと少し。グスタフは歯を食いしばり、雪に煙《けむ》る行く手をにらみつけている。

なにをこれしき、吹雪《ふぶき》になど負けるものか。この先、どんな困難が待ち受けていようとも、わたしは戦いつづけるのだから。スウェーデン人を信じて、この国と人々の未来のために戦う――我々スウェーデン軍は、必ず勝利する！

わたしは、けっしてあきらめない。愛する祖国が、晴れて、真の独立を手に入れる日まで――。

グスタフ・エリックソン・ヴァーサ——この不屈《ふくつ》の若者がスウェーデン国王グスタフ一世としてストックホルム城に入るのは、このときからおよそ二年半後の夏至のことである。

グスタフ・エリックソン・ヴァーサの王位への軌跡《きせき》

一五二一年八月二十三日　スウェーデン総統に選出される。
一五二三年六月六日　国王に選出され、グスタフ一世となる。
　同年六月二十四日　ストックホルム入城を果たす。

「スウェーデン建国の父」グスタフ一世の功績

スウェーデンをデンマークの圧政から解放、カルマル同盟を離脱《りだつ》し、独立を達成。

教会の土地を没収《ぼっしゅう》し、国教をカトリックからプロテスタントに変更《へんこう》。

それまでラテン語で書かれていた聖書をスウェーデン語に翻訳《ほんやく》させ、母国語の発展に寄与《きよ》。

ハンザ商人に依存《いぞん》していた商取引を見直し、独自の外交政策を樹立。

さまざまな行政改革を行い、国王の独裁体制を強化。


その後、ヴァーサ朝は十七世紀前半までつづいた。

グスタフが国王に選出された六月六日は、いまでもスウェーデンの建国記念日となっている。

あとがき

本書は、スウェーデン建国の父、グスタフ・ヴァーサの若い日の一時期を、史実に基づきつつ、物語として描《えが》いたものです。

いまからおよそ五百年前、祖国スウェーデンを独立に導き、国家の礎《いしずえ》を築いた不屈《ふくつ》の男グスタフ・ヴァーサ——おそらく日本で徳川家康を知らない人がいないように、スウェーデンでグスタフ・ヴァーサを知らない人はまずいないでしょう。

たとえば、スウェーデンで二〇一五年に紙幣《しへい》のデザインが刷新《さっしん》されるまでは、千クローナ札の肖像画《しょうぞうが》はグスタフ・ヴァーサでしたし、そもそもスウェーデンの建国記念日の六月六日は、グスタフ・ヴァーサが国王に選ばれたとされる日です。首都ストックホルムにある北方博物館へ行けば、グスタフ・ヴァーサの巨大《きょだい》な座像に会えますし、同じくストックホルムの国立美術館では、スウェーデンを代表する画家カール・ラーションが描《えが》いた、「グスタフ・ヴァーサのストックホルム入城」（一九〇八年完成）という美しい壁画《へきが》を見ることができます。町を歩けば、ヴァーサ通り、ヴァーサ広場、ヴァーサ公園といった、ヴァーサのつく標示板があちらこちらで目につきますし、スウェーデン人の国民食といえるクネッケパン（平たく堅《かた》い乾燥《かんそう》パン）にも、ヴァーサという代表的なブランドがあります。

ヴァーサの名を冠《かん》する最《さい》たるものは、スウェーデンで毎年三月の第一日曜日に開かれる、ヴァーサ・ロペット（Vasaloppet「ヴァーサ・レース」の意）という世界最大・最古のスキーのクロスカントリー大会でしょう。一九二二年にはじまったこの大会には、毎年、世界じゅうから一万五千人ものスキーヤーが参加し、ダーラナ地方のセーレンからモーラまで、九十キロの過酷《かこく》なレースに挑《いど》みます。大会にヴァーサの名前がついているのは、このレースコースが、若き日のグスタフ・ヴァーサと二人の男たちがともにスキーで必死に走った道筋と距離《きょり》をもとにつくられたからです。そして、そこにいたるまでの試練ともいうべき、グスタフの困難な道のりを描《えが》いたのが、本書『行く手、はるかなれど――グスタフ・ヴァーサ物語』です。

スウェーデンでは超《ちょう》有名人のグスタフ・ヴァーサですが、彼《かれ》自身についても、彼《かれ》の蜂起《ほうき》までにスウェーデンがたどった歴史についても、日本ではあまり馴染《なじ》みがありません。学校の世界史の授業で詳《くわ》しく取りあげられることも、めったにないのではないかと思います。

少し説明しておきましょう。

いまのスウェーデンにあたる地域に、初めてキリスト教（カトリック）の宣教師がやってきたのは、九世紀前半でした。が、時はヴァイキングの時代。当時の人々はオーディンやトールといった北欧《ほくおう》神話の神々を信仰《しんこう》していたので、キリスト教はすぐには普及《ふきゅう》しませんでした。そんなヴァイキングの時代は十一世紀の中ごろまでつづき、この間《かん》にデンマーク、スウェーデン、ノルウェーという国としてのまとまりができてきます。といっても、統一された国家と呼ぶにはほど遠く、スウェーデンはそれぞれが独自の法律を持つ、いくつかの地方の集合体で成り立っていました。国王は一部の有力者のあいだで選ばれてはいましたが、その権力はまだまだ弱いものだったのです。

十二世紀に入ると、ようやくスウェーデンにもキリスト教が定着しはじめます。各地に教会が建てられるようになり、十三世紀後半にはウプサラ大聖堂の建築もはじまりました。社会全体がキリスト教の影響《えいきょう》を受けるようになり、国王も教会の支援《しえん》のもと、しだいに権力を強めていったのです。たとえば、このころ、スウェーデンはカトリック教会と手をたずさえて東へ勢力を広げ、現在のフィンランドにほぼ等しい地域を支配下に入れました。

同じころ、北ドイツのハンザ商人たちの動きも活発になり、スウェーデンのバルト海沿岸にはストックホルムをはじめとする商業都市が発達、バルト海にあるゴットランド島の町ヴィスビーもハンザ都市として栄え、本土の内陸部では鉱山の開発が進みました。商業活動が盛んになる一方で、十四世紀に入ると、バルト海の権益《けんえき》をめぐって、当時、力を持っていたデンマークとハンザ商人たちの対立が激しくなり、スウェーデンもその争いに巻きこまれていきました。

一三九七年、デンマーク、スウェーデン、そしてすでにデンマーク統治下にあったノルウェーの三国のあいだでカルマル同盟が結ばれます。表向きは三国が同じ君主のもとにまとまり、軍事・外交面で協力しあうという内容でしたが、この同盟が、スウェーデンがデンマークの圧政に苦しむもととなったのでした。スウェーデンがいかに理不尽な扱いを受けたかは、本書を読まれた方にはおわかりいただけたと思います。同盟により、デンマーク国王がスウェーデン国王を兼《か》ねることになったわけですが、デンマーク国王のあまりに非道なやり方にスウェーデン側は不満をつのらせ、ときにスウェーデン国王として認めなかったり、ときに武力で退けたりして抵抗《ていこう》するという、長く厳しい混迷の時代がつづくことになりました。

カルマル同盟下、スウェーデン国王の座が空いたさい、スウェーデンの代表となるのが、riksföreståndare《リークスフレストンダレ》という役職につく人でした。一般《いっぱん》には「摂政《せっしょう》」と訳される単語ですが、日本では「摂政《せっしょう》」というと、天皇が幼かったり病弱だったりするときに代わりを務める人、というイメージが強いように思います。そこで本書では、国王ではないが軍事的にも政治的にもトップに立つ、独立をめざす国の最高指導者という意味で、「総統」という日本語をあてました。「摂政《せっしょう》」よりも勇ましい感じが出たでしょうか。

　スウェーデンで初めての国会とも呼ばれる、聖職者、貴族、市民の代表からなる議会が、中部ヴェストマンランド地方のアルボーガという町で開かれたのは、一四三五年のことでした。それ以降、国の重要案件はこうした議会で話しあわれるようになりましたが、市民の代表が議会に参加するようになったとはいえ、聖職者と貴族の影響力《えいきょうりょく》は、依然《いぜん》、強いままでした。なぜなら、議会と国王のあいだには、本書では「枢密院《すうみついん》」という日本語をあてた国王の最高諮問《しもん》機関があり、国王に指名された聖職者や貴族たちが、枢密院顧問官《すうみついんこもんかん》として国王に助言を与《あた》えていたからです。一五二〇年の〈ストックホルムの血浴《けつよく》〉事件では、百名近い犠牲者《ぎせいしゃ》の中に、グスタフ・ヴァーサの父親や義弟ら、〈独立派〉の枢密院顧問官《すうみついんこもんかん》たちもふくまれていたわけですから、それがいかに大事件であったかは想像にかたくないと思います。


　ダーラナ地方で決起したあとのグスタフ・ヴァーサについても、簡単に触《ふ》れておきましょう。

　およそ二年にわたる激しい戦いの末、グスタフ率いるスウェーデン軍はデンマークに勝利し、一五二三年六月六日、グスタフ・ヴァーサはスウェーデン中部の町ストレングネースで開かれた議会で、晴れてスウェーデン国王に選ばれます――グスタフ一世の誕生、ヴァーサ朝のはじまりです。

王位に就いたグスタフ・ヴァーサは王権の強化をはかるため、さまざまな改革に着手しました。

たとえば、長きにわたる戦争で疲弊《ひへい》した国家財政を立て直そうと、教会や修道院から土地を取りあげました。当時、スウェーデンのカトリック教会は貴族階級よりも広い土地を所有していたのです。その結果、当然のことながらカトリック教会の力は衰《おとろ》え、国王が教会を支配するようになり、スウェーデンの国教はカトリックからプロテスタントのルーテル派に変えられました。教会の力を抑《おさ》える一方で、グスタフ一世はラテン語の聖書を初めて正式にスウェーデン語に翻訳《ほんやく》させ（一五四一年完成）、スウェーデン語の発展に寄与《きよ》しました。広く国民が目にする聖書がスウェーデン語になったことで、話し言葉、書き言葉の両面から、スウェーデン語は国の統一原語として整理されたのです。

グスタフ一世は枢密院《すうみついん》をふくむ行政組織の改革や、税の徴収《ちょうしゅう》の一元化も積極的に行いました。また、長いあいだハンザ商人に頼《たよ》っていた商取引の仕組みを見直して、他国に依《い》存《ぞん》しないスウェーデン独自の外交政策を取れるようにし、同時に国防にも力を入れ、ウプサラほか、各地に砦《とりで》を兼《か》ねた強固な城を築きました。

こうして、スウェーデンはグスタフ一世の指導のもと、着実に国家の基礎《きそ》を固めていったのです。その功績から、のちに「建国の父」と呼ばれるようになったグスタフ・ヴァーサですが、その強権的な政治手法に対しては国民のあいだに不満も生じ、各地で農民たちの反乱が起きました。グスタフ一世はこれを力で押《お》さえこむなど、冷酷《れいこく》な独裁者の顔も持ちあわせていました。一五四四年には、王位の継承《けいしょう》を世襲制《せしゅうせい》に改めてもいます。

グスタフ・ヴァーサの生まれた年、生まれた場所については諸説あり、本書では一四九六年、リードボーホルム城としましたが、亡くなった年月日と場所ははっきりしています。一五六〇年九月二十九日、ストックホルム城にて、スウェーデン史に功罪合わせて大きな足跡《そくせき》を残したグスタフ・ヴァーサは、病気のため、波乱に富んだ六十余年の生涯《しょうがい》を閉じたのです。その年の暮れ、遺体は壮大《そうだい》な葬送《そうそう》の儀式《ぎしき》ののち、彼《かれ》と縁《えん》の深いウプサラの大聖堂に葬《ほうむ》られました。

グスタフ一世の死後、三人の息子エリック、ヨハン、カールのあいだでは、王位をめぐり、骨肉の争いがくり広げられました。エリックがヨハンとその家族をグリップスホルム城に幽閉《ゆうへい》したり、カールがヨハンの息子シギスムンドを追いやって自分が王位に就《つ》いたりといった事件が起きたのです。カールのあとはその息子で、「北欧《ほくおう》の獅子《しし》」と呼ばれるグスタフ二世アドルフの治世になりますが、この時代にスウェーデンはロシア、ポーランド、ドイツなどと戦火を交え、デンマークに代わる北欧《ほくおう》一の強国となりました。けれども、あとを継《つ》いだ娘《むすめ》クリスティーナは苦悩《くのう》の末、若くして王位を母方の従兄《いとこ》にゆずり、カトリックに改宗してローマへ去ってしまいます。これにより、およそ百三十年つづいたヴァーサ朝は幕を閉じました。

わたしがグスタフ・ヴァーサという人物に興味を引かれたのは、四十年以上前、初めて訪れたウプサラ大聖堂で、彼《かれ》の墓所を取りかこむように飾《かざ》られた、その生涯《しょうがい》をたどった一連の壁画《へきが》を見たときでした。人質生活を経てスウェーデンを独立させ、国の基礎《きそ》を築《きず》いたその一生はとても興味深く、とくにダーラナ地方のモーラで、雪の中、演説をしている場面の絵は強く印象に残りました。あのとき、グスタフ・ヴァーサについて日本でももっと知られてほしいと素直に思ったことを、いまでもはっきりと覚えています。そして、それはいつしか、「ダーラナ地方を舞台《ぶたい》にしたグスタフの物語を自分の手で書きたい」という夢に変わっていきました。

それからは、暇《ひま》を見つけてはグスタフ・ヴァーサに関する資料を読んだり、ゆかりの地を訪ねたり——。調べていくうちに、グスタフ一世に対する評価が、偉大《いだい》な建国の父と、冷酷《れいこく》な独裁者に分かれることも知りましたが、それでも、ヴァーサ・ロペットのもととなったダーラナ地方でのエピソードをおもしろいと思う気持ちに変わりはありませんでした。

超《ちょう》有名人のグスタフ・ヴァーサのこと、スウェーデンではこれまでに、伝記、映画、漫《まん》画《が》など、グスタフ・ヴァーサを題材にした作品がいろいろとつくられてきました。なかでも子ども向けには、十九世紀末から二十世紀前半にかけて活躍《かつやく》した女性作家、アンナ・マリア・ロースの手による『グスタフ・ヴァーサのダーラナでの冒険《ぼうけん》』（未訳・一九一四年刊行）という本が定番になっています。

本書は、その本を参考にしながら、若い時代のグスタフ・ヴァーサに焦点《しょうてん》をあて、日本人には馴染《なじ》みの薄《うす》い歴史的背景やスウェーデンの文化、自然描写《びょうしゃ》に加え、わたしなりの解釈《かいしゃく》とフィクションのエピソードを織り交ぜた歴史物語です。孤立無援《こりつむえん》のどん底の状態から、不屈《ふくつ》の意志を持って立ちあがった五百年前の若者の姿が、日本の若い読者をなにかしら勇気づけるものであれば、著者として、これに勝る喜びはありません。

スウェーデンやヨーロッパの歴史に関心のある方はもちろん、年々、日本からヴァーサ・ロペットに参加するスキーヤーも増え、また、日本でも一九八一年より北海道旭川《あさひかわ》市《し》で、ヴァーサ・ロペットにならった「バーサーロペット・ジャパン」が開催《かいさい》されていることから、クロスカントリーの起源となった物語に興味を持った方にも、楽しんでいただけるのではないかと思います。

最後になりましたが、本書を仕上げるまでには、いろいろな方に助けていただきました。この場を借りて、お世話になった皆《みな》さまに心よりお礼を申しあげます。

とりわけ、画家の堀川理万子《ほりかわりまこ》さんには、雪の中を行く、りりしく躍動的《やくどうてき》な主人公の姿を表紙に描《えが》いていただきました。おかげで、物語の世界がぐんと広がった気がします。お聞きしたところ、堀川《ほりかわ》さんのお父上、堀川利通《ほりかわとしみち》氏は、一九八三年に日本人として初めてヴァーサ・ロペットに出場し、九十キロメートルをみごと完走されたそうで、なんとも不思議なご縁《えん》を感じました。

デザイナーの森枝雄司《もりえだゆうじ》さんには装丁に加え、読者の理解の助けとなる、スウェーデンのわかりやすい地図をつくっていただきました。

そして、グスタフ・ヴァーサのことを本にしたいというわたしの長年の夢と根気よくつきあってくださった、徳間書店児童書編集部の上村令《うえむられい》さん。上村さんの適切な助言とあたたかい励《はげ》ましがなかったら、わたしはおそらく完走できなかったでしょう。本当に、ありがとうございました。

グスタフの試練には足元にも及《およ》びませんが、途中《とちゅう》で夢をあきらめないでよかった……と、しみじみ思いつつ、あとがきの筆をおくことにします。

二〇二四年新春

菱木晃子《ひしきあきらこ》

【作者】
菱木晃子（ひしきあきらこ）
1960年、東京に生まれる。慶應義塾大学卒業。スウェーデン語の児童書を中心に、100冊以上の翻訳を手がける。著書に『はじめての北欧神話』（徳間書店）、訳書に『おじいちゃんとの最後の旅』『リッランとねこ』（以上徳間書店）、『おじいちゃんの口笛』（ほるぷ出版）、「長くつ下のピッピ」シリーズ、「名探偵カッレ」シリーズ（以上岩波書店）、『ニルスのふしぎな旅』『月へミルクをとりにいったねこ』（以上福音館書店）などがある。2009年、長年にわたりスウェーデン文化の普及に貢献した功績に対し、スウェーデン王国より北極星勲章受章。神奈川県在住。

【行く手、はるかなれど――グスタフ・ヴァーサ物語】
菱木晃子 作

176p, 19cm, NDC910

行く手、はるかなれど――グスタフ・ヴァーサ物語
2024年1月31日　初版発行

作者：菱木晃子
カバー画・カット：堀川理万子
装丁：森枝雄司
フォーマット：前田浩志・横濱順美

発行人：小宮英行
発行所：株式会社 徳間書店
〒141-8202　東京都品川区上大崎3-1-1　目黒セントラルスクエア
Tel.(03)5403-4347(児童書編集)　(049)293-5521(販売)　振替00140-0-44392番
印刷：日経印刷株式会社
製本：大日本印刷株式会社
Published by TOKUMA SHOTEN PUBLISHING CO., LTD., Tokyo, Japan.　Printed in Japan.

徳間書店の子どもの本のホームページ　https://www.tokuma.jp/kodomonohon/

ISBN978-4-19-865767-3